STURMWARNUNG

ÄRGER-IM-DREIERPACK-REIHE

BUCH ZWEI

TYMBER DALTON
LESLI RICHARDSON

Übersetzt von
LITERARY QUEENS

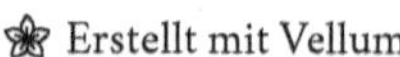 Erstellt mit Vellum

INHALT

Dieses Buch wurde erstmals 2009 geschrieben und veröffentlicht, lange vor Covid und dem Hochzeitsverbot. Es wurde für diese Ausgabe leicht bearbeitet, wesentlichen Änderungen an der Geschichte wurden aber nicht vorgenommen.

Dieses Buch ist den Mitarbeitern, Freiwilligen und Unterstützern von Organisationen für Tier- und Wildtierschutz gewidmet, die jeden Tag dafür kämpfen, so viele Tiere wie möglich zu retten, nicht nur nach Unwetterkatastrophen.

KAPITEL EINS

Elain lag auf dem Bauch auf einem Handtuch am Pool und versuchte, sich in der Sonne zu entspannen. Der riesige, schwarze Wolf mit den grünen Augen schlich aus dem nahe gelegenen Wald, sprang lautlos über den Zaun, der den Pool umgab, und pirschte sich an.

Lautlos bewegte es sich um sie herum, bis es sich mit einem Satz auf sie stürzte und anfing, hektisch gegen die Rückseite ihres Beins zu rammeln.

„Es ist mir scheißegal, wie sehr ich dich liebe", murmelte sie, ohne sich zu bewegen, oder auch nur die Augen zu öffnen. „Wenn du mich ficken willst, Brodey, dann musst du dich zurückverwandeln. Wenn du versuchst, es so mit mir zu tun, werde ich dein Abendessen dopen und dir eine Glatze rasieren. Und wenn du dich dann das nächste Mal verwandelst, wirst du wie ein verdammter Chihuahua aussehen."

Augenblicklich verwandelte der Wolf sich in einen nackten Mann, der sich über sie beugte. Er lachte und küsste sie zwischen ihre Schulterblätter. „Würdest du mir das wirklich antun, Süße?"

„Du weißt, dass ich es tun würde. Und Ain und Cail würden mir helfen."

„Du hast wahrscheinlich recht." Er rollte sie auf die Seite und küsste sie. Wolf oder Hund, er war immer noch verdammt hart. „Ist das besser?" „Viel besser, du Pelzknäuel."

„Woher wusstest du, dass ich es bin?"

Sie schlang ihre Arme um ihn. „Ich habe dich gehört." Der mittlere Bruder der Lyall-Drillinge hatte wunderschöne grüne Augen, die sie immer zum Dahinschmelzen brachte.

Aber wem machte sie etwas vor? Alle drei Brüder konnten ihr Inneres in geschmolzene Marshmallows verwandeln, seien es die grünen Augen von Beta Brodey, der süße braune Blick von Gamma Cailean oder die durchdringenden grauen und intensiven Augen von Prime Alpha Aindreas.

„Aber ich habe mich lautlos angeschlichen!"

„Du hast innerlich gesabbert. Ich habe dich gehört, noch bevor du bei dem Teich aus dem Wald gekommen bist, weil du den ganzen Weg hierher gedacht hast: „Oh, Gott, ich bin so verdammt geil". Als du bei mir angekommen bist, hast du es regelrecht geschrien. Ich müsste taub sein, um das nicht zu hören."

Er setzte sich auf. „Kein Scheiß? Wirklich? Du hast mich schon vom Teich aus gehört? Von so weit weg?"

Sie nickte. „Ja. Warum?"

Anscheinend reichte diese Neuigkeit aus, um ihn abzulenken. Sein steifer Schwanz wurde weicher, und er schien nachzudenken „Ich meine, das ist sehr ungewöhnlich." „Laut Ain kommt es auch selten vor, dass man so kurz nach der Paarung überhaupt schon die Gedanken hören kann." Sie war erst seit vier Tagen bei den Brüdern, und es fiel ihr immer noch schwer, sich selbst als ihre „Gefährtin" zu sehen.

„Nein, Schatz, du verstehst das nicht. Normalerweise

kann ein Gefährte die Gedanken des anderen nur aus nächster Nähe wahrnehmen."

„Du warst doch nah."

„Ich meine richtig nah, wie zum Beispiel, wenn man im selben Zimmer ist. Oder ein paar Meter entfernt, aber keinen halben Kilometer, wo der Teich ist."

„Kein Schei … benkleister?"

Er grinste und rieb seine Nasenspitze an ihrer. „Ich werde es Ain nicht sagen, wenn du fluchst. Es stört mich nicht so wie ihn."

„Ich dachte, ihr müsst euch an die Anordnungen des Primes halten?", beschwerte sie sich. Elain war immer noch damit beschäftigt, alle Regeln zu lernen, an die sie sich als Gefährtin der Drillings-Gestaltwandler halten musste. Alle drei Männer waren Alphas. Wenn Prime Alpha Ain eine Regel aufstellte, waren die anderen und jetzt auch Elain gezwungen, sich daran zu halten.

„Er hat keine Regel aufgestellt, dass du nicht mehr fluchen darfst. Er hat dir nur gesagt, dass er will, dass du es weniger tust." Dann lachte er, nahm ihre Hand, stand auf und zog sie auf die Füße. „Komm schon."

„Wohin gehen wir?"

„Wir müssen es Cail erzählen. Das ist unglaublich."

Noch unglaublicher war, dass sie nach den letzten paar Tagen immer noch laufen konnte.

Vor weniger als zwei Wochen auf den ersten jährlichen Arcadia Highland Games war ein großer schwarzer, Wolfs-ähnlicher Hund mit wunderschönen grünen Augen bei ihr und ihrem Kameramann in den Wagen gesprungen und sie hatten ihn mit zum Sender genommen. Als sie den Hund, Brodey, wie sich später herausstellte, zwei Tage später zu seinem „Besitzer" Aindreas Lyall zurückgebracht hatte, hatte sie keine Ahnung gehabt, dass die drei großen Brüder sie instinktiv als ihre Gefährtin, ihre „Eine", ausgewählt hatten.

Bei diesem ersten Treffen mit Aindreas fand Elain, dass er wie ein distanzierter Idiot rübergekommen war, obwohl die anderen beiden Brüder sich süß und zuvorkommend benommen hatten. Ein paar Tage später waren Brodey und Cailean dann aus heiterem Himmel bei ihrer Arbeit aufgetaucht, um sie zum Mittagessen einzuladen. Das Ganze hatte mit einem kurzen und sehr heißen Intermezzo auf dem Parkplatz geendet, was sie … extrem geil zurückgelassen hatte.

Daraufhin hatten sie sie ein paar Tage später auf ihrer Rinderfarm in Arcadia zum Abendessen eingeladen, was sie natürlich nicht abgelehnt hatte. Nur Stunden später hatte sich ihre Welt um 180 Grad gedreht. Gestaltwandler gab es wirklich, und sie war mit den drei Brüder verlobt, die zufällig über zweihundertdreißig Jahre alt waren.

Obwohl sie nicht älter als dreißig aussahen, hatten sie noch kein einziges graues Haar. Und auch sonst waren sie keine schlechte Partie, wenn man bedachte, dass sie reich und gutaussehend waren, und nur Augen für sie hatten.

Als sie ins Haus kamen, fanden sie Cail im Arbeitszimmer, wo er den Papierkram und die Buchhaltung für den Betrieb der Ranch erledigte. Brodey schlang seine Arme um Elain und knabberte an ihrem Hals, während sie sich an ihm stützen musste, da ihre Knie weich wurden.

Verdammt, die Männer schienen genau zu wissen, was sie mit ihrem Körper anstellen mussten, um sie dahinschmelzen zu lassen.

„Weißt du was, Cail?", fragte Brodey.

Doch er blickte nicht von seinem Computer auf und antwortete: „Du bist geil?" Elain lachte. „Weißt du noch was?"

Schließlich lehnte er sich zurück, drehte sich um und lächelte sie an. „Was?" „Anscheinend ist unsere Gefährtin noch unglaublicher, als wir dachten", sagte Brodey. „Sie kann unsere Gedanken aus weiter Ferne hören." Dann erzählte er Cail, was gerade geschehen war.

Cail runzelte die Stirn und sah nachdenklich aus. Er war nur wenige Minuten jünger war als seine beiden Brüder, war er von Natur aus verkopfter. „Das ist … unglaublich."

Brodey nickte. „Ich weiß! Ist es nicht toll?"

Cail ergriff Elains Hand und zog sie sanft aus Brodeys Armen auf seinen Schoß. Sie hatte einen Badeanzug an, von dem sie vermutete, dass er nicht mehr lange an ihrem Körper bleiben würde. „Es ist nicht schlecht. Es ist nur … komisch." „Mensch, danke, Cail", antwortete sie mit ironischem Unterton.

Er küsste sie. „Du bist nicht komisch, Baby. Ich meine nur, dass ich noch nie von einer Gefährtin gehört habe, die keine Gestaltwandlerin ist und trotzdem aus so weiter Entfernung Gedanken hören kann." Er streichelte ihren Oberschenkel, während er Brodey anstarrte. „Offen gesagt bin ich mir nicht mal sicher, ob ein Gestaltwandler so weit hören kann. Wir sollten Ain holen und es ihm sagen." Aindreas war auf der anderen Seite der Ranch, um nach dem Rechten zu sehen, denn nur weil die Brüder jetzt ihre Eine gefunden hatten, bedeutete das nicht, dass sie mit ihren täglichen Pflichten aufhören konnten.

„Er wird früh genug zurück sein", sagte Brodey. „Kein Grund, ihn zu nerven, ich habe ihn auf der nordwestlichen Weide zurückgelassen. Es würde ihn nur ärgern, wenn er danach wieder raus muss." Brodey versuchte, Elain von Cails Schoß zu ziehen, schaffte es aber nicht.

Sie lachte. „Ähm, Jungs? Ich bin kein Hundespielzeug."

„Ich wollte mit ihr spielen", jammerte Brodey.

„Oh, mein Gott, benimm dich nicht wie ein Baby", schimpfte Cail. „Du warst sogar ein paar Nächte allein mit ihr, was ich und Ain nie hatten." „Ja, aber da war ich auch die ganze Zeit verwandelt und konnte keinen Spaß mit ihr haben. Nichts für ungut, Baby." Er hielt immer noch ihre Hand. Sein Schwanz hatte wieder angefangen, sich aufzurichten. „Komm schon, Cail. Gib sie mir zurück." Sie zog ihre Hand aus seiner und stand auf. „Hört auf. Beide." Sie versuchte, genervt zu tun, schaffte es aber nicht, da ihre großen Augen sie dahinschmelzen ließen.

Elain rollte theatralisch mit den Augen und seufzte, dann ging sie in Richtung ihres gemeinsamen Schlafzimmers. „Also gut. Wenn ihr Jungs überhaupt nicht länger warten könnt ..."

Die Männer rannten an ihr vorbei und erreichten das Schlafzimmer noch vor ihr. Cail war bereits nackt, als er neben Brodey auf dem Bett landete, was sie zum Lachen brachte. Zumindest fühlte sie sich gewollt, soviel stand fest. Wie erwartet, befreiten die Männer sie schnell aus ihrem Badeanzug, was natürlich kein Problem für sie war. Dann begann Cail sie zu küssen, und Brodey tauchte zwischen ihren Beinen ab. Sie seufzte zufrieden, während er ihre Klitoris eifrig mit seiner Zunge umspielte. An diesen Teil ihrer ungewöhnlichen Beziehung hatte sie sich überraschenderweise am schnellsten gewöhnt. Die Jungs hatten ihr bereits einen Heiratsantrag gemacht, obwohl sie legal nur Ain heiraten würde.

Und dass sie nun ein längeres Leben haben würde, was sie in den Armen dieser drei Männer verbringen konnte, war alles andere als ein Opfer, soviel stand fest.

Cail unterbrach ihren Kuss und nahm sich nun eine ihrer Brustwarze mit der Zunge vor, während er mit den Fingern sanft die andere rieb. Sie fuhr mit ihren Fingern durch sein Haar und ließ ein gieriges Stöhnen von sich. Brodey griff mit seinen großen Händen nach ihren Schenkeln und schob seine Zunge tief in sie hinein, dann ließ er sie langsam über ihre Klitoris gleiten. Das wiederholte er immer wieder, wobei er den Druck etwas erhöhte, was sie erschaudern und aufstöhnen ließ, und sie nur wenige Momente später mit einem lauten Schrei zum Höhepunkt brachte.

Sie hatte in den vergangenen Tagen mehr Sex gehabt als in den letzten Jahren.

Und zwar den besten Sex ihres Lebens.

„Das wollte ich hören", flüsterte Brodey grinsend, während er ihren Körper entlang küsste. Dann setzte Cail sich auf und hielt sie fest, während Brodey ihre Füße an seine Schulter hob.

Elain lächelte. „Wieder zur Arbeit zu gehen, wird sich wie Urlaub anfühlen", scherzte sie.

Ein kurzes Stirnrunzeln huschte über sein Gesicht, bevor er langsam seinen steifen Schwanz an ihr rieb und ihn dann in sie hineingleiten ließ. „Denkst du wirklich, ja?"

Sie liebte es, wie sich alle drei in ihr anfühlten. „Ja."

So geil Brodey auch war, er hielt nicht lange durch. Danach drehte sie sich in Cails Armen um und küsste ihn, dann griff sie nach unten, um seinen Schwanz zu streicheln. „Was ist mit dir?"

Er lächelte. „Mit mir?"

Sie drückte sanft seinen Schwanz. „Kann ich dir irgendetwas Gutes tun?" Er lachte. „Was hattest du denn im Sinn?"

Elain grinste und wanderte mit dem Kopf zwischen seine Beine, genoss das Gefühl seiner Hände, die sich in ihrem Haar vergruben, während sie seinen Schwanz tief in ihren Mund nahm. Brodey stöhnte. „Oh Gott, das ist unglaublich!"

„Halt die Klappe", knurrte Cail. „Du hattest schon deinen Spaß."

Elain versuchte, nicht zu lachen, konnte aber nicht anders, also setzte sie sich trotz Cails enttäuschtem Stöhnen auf. „Ihr zwei seid zu viel." Wenn Ain nicht da war, stritten sich die beiden „jüngeren" Brüder häufig.

Sie drückte Cail auf das Bett und setzte sich rittlings auf

seinen steifen Schaft, um ihn zu necken. „Was möchtest du Baby?"

Er packte ihre Hüften und stieß in sie hinein. „Genau das hier." Dann kniete Brodey sich hinter sie, wanderte mit der Hand zu ihrer Klitoris und streichelte sie. Sie gab sich ganz seinen Berührungen hin, während Cail langsam zustieß.

Ja, es war ein seeeeeehr gutes Leben.

Cail streckte die Hand aus und spielte mit ihren Brustwarzen, was einen weiteren Höhepunkt auslöste. Als er spürte, wie ihre Muskeln sich um seinen Schwanz zusammenzogen, packte er ihre Hüften wieder und stieß hart zu, um ihr einen noch intensiveren Orgasmus zu bescheren. Sie warf ihren Kopf zurück gegen Brodeys Schulter und vertraute darauf, dass er sie halten würde, während sie in seinen Armen zitterte und schrie.

Einen Augenblick später ließ sie sich aufs Bett fallen, die beiden Männer wiegten sie zwischen sich. Sie lag an Cails Brust, während Brodey sich eng an ihren Rücken schmiegte. Und genauso lagen sie noch fast eine Stunde später und dösend, als Ain ins Schlafzimmer kam.

Er blieb in der Schlafzimmertür stehen, die Arme über seiner massiven Brust verschränkt. „Ich hätte es wissen müssen."

„Erwischt", murmelte Brodey gegen ihren Nacken. „Es ist deine Schuld, Brod", murmelte Cail von Elains anderer Seite. Ains tiefes Lachen brachte Elain dazu, ihre Augen zu öffnen.

Er lehnte in Jeans und in einem Arbeitshemd an der Tür und sah zum Anbeißen aus.

„Hier ist genug Platz", sagt sie.

Er ging zum Bett hinüber und beugte sich vor, um sie zu küssen. „Einer von uns muss schließlich arbeiten, da meine beiden faulen Brüder anscheinend vergessen haben, dass wir eine Ranch haben."

„Fick di–" Brodey brachte den Rest des Satzes nicht heraus, weil Ain ihn vom Bett auf den Boden rollte.

„Was hast du gesagt?", fragte Ain mit leiser und knurrender Stimme.

Brodey setzte sich auf und funkelte ihn über das Bett hinweg an, antwortete aber nicht. Elain bemerkte den harten Ausdruck in Ains Augen, den angespannten Kiefer, der Brodey schließlich dazu brachte, wegzusehen.

„Ich ziehe mich an", murmelte er.

„Nicht nötig, ich brauche Hilfe mit den Rindern. Du kannst dich auch gleich verwandeln. Der Wagen steht schon vor der Tür."

Brodey stand auf und beugte sich vor, um Elain einen letzten Kuss zu geben. „Bis später, Schatz." Dann verwandelte er sich und trottete aus dem Schlafzimmer. Cail setzte sich auf und fuhr sich mit der Hand durchs Haar. „Ich muss zurück ins Büro." Er zog sie zu sich und küsste sie. „Oh, Ain, wir müssen dir noch was erzählen." Dann erzählte er seinem älteren Bruder, was Brodey entdeckt hatte.

Ain strich Elain eine Strähne aus der Stirn und hinter ihr Ohr. „Wirklich?"

Elain nickte.

„Was könnte das bedeuten?", fragte Ain Cail.

Es war Elain schon öfter aufgefallen, dass Ain nicht zögerte, Cail nach seiner Meinung zu fragen, obwohl er der Prime Alpha war. Brodey hingegen war eher fürs Körperliche zuständig, vor allem weil er so muskulös war, obwohl er natürlich auch seine schlauen Momente hatte. Aber meistens verließ Ain sich mehr auf ihn, wenn es um praktische Dinge und Hilfe bei der Ranch ging.

Cail zuckte mit den Schultern. „Ich weiß es nicht. Wir sollten etwas experimentieren, um zu sehen, wie weit sie hören und kommunizieren kann."

„Gute Idee. Warum macht ihr das nicht heute Nachmittag, während ich den geilen Hund ablenke?" Ain zwinkerte Elain zu und lehnte sich für einen weiteren Kuss vor. Sie wollte ihm die Kleider vom Leib reißen, wusste aber, dass er jetzt erst mal arbeiten musste.

„Okay", sagte Cail. „Sollte kein Problem sein."

„Danke."

Als sie wieder allein waren, schmiegte sich Elain an Cail. „Werden wir das wirklich tun oder machen wir noch ein Nickerchen?" Sie genoss es, seinen Atem an ihrer Kopfhaut zu spüren, während er sein Gesicht in ihr Haar kuschelte. „Wir sollten es wirklich tun. Willst du nicht wissen, wozu du fähig bist?"

Bis vor ein paar Tagen hatte sie noch ihr ganz normales Leben gelebt und jetzt war sie mit drei unglaublich heißen und perfekten Kerlen zusammen.

Die sich in Wölfe verwandeln konnten.

Wenn sie ehrlich war, tat sie ihr Bestes, um nicht zu viel über die übernatürlichen Aspekte ihres neuen Lebens nachzudenken, denn das würde ihr Gehirn wahrscheinlich zum Kochen bringen.

Allein, sich an ihren neuen Beziehungsstatus zu gewöhnen, war ... eine Herausforderung. „Wahrscheinlich sollte ich das", sagte sie. „Kann ich dich vorher zum Duschen überreden?" Er lächelte. „Ich glaube, das lässt sich einrichten."

KAPITEL ZWEI

nstatt zu duschen, sprangen Cail und Elain für ein paar Minuten in den Pool, bevor sie sich anzogen und in einen der Trucks von der Ranch stiegen. Cail fuhr sie zu einer der abgelegenen Weiden hinaus, weit weg von Straßen und Menschen, damit sie ungestört waren. Das war auf ihrer 3000 Hektar große Ranch kein Problem.

„Wir müssen dir helfen, deine Fähigkeit zu optimieren, da sie so stark sind", sagte Cail.

„Warum sind wir dann hier rausgekommen?"

„Woran denke ich gerade?"

Sie zuckte mit den Schultern. „Ich weiß es nicht."

„Versuche, auf meine Gedanken zu hören."

Sie runzelte die Stirn und musterte ihn, versuchte sich zu konzentrieren. „Ich höre nichts."

„Okay. Und jetzt?" Er sprach in Gedanken mit ihr. *„Kannst du mich jetzt hören? ... Gut."*

Sie lachte. „Ja, ich habe dich gehört."

Cail sah nachdenklich aus. „Anscheinend müssen wir aktiv an dich denken, damit du es hören kannst. Brodey muss unbewusst an dich gedacht haben."

„Er war geil und hat es immer und immer wieder vor sich hergesagt."

Cail lachte. „Kann ich mir bildlich vorstellen."

„Aber noch mal, warum sind wir hier draußen?"

Sie waren allein auf der abgelegenen Weide und er begann, sich auszuziehen. Als er seine Jeans auszog – sie liebte es, dass sie häufig nackt waren –, wollte sie ihn sofort wieder anspringen, obwohl sie gerade erst Sex gehabt hatte.

Er grinste, faltete seine Kleider zusammen, und legte sie auf die Ladefläche des Wagens. „Das habe ich gehört, Schatz."

Sie errötete. „Du kannst mir keine Vorwürfe machen, dass ich dich will."

Er beugte sich vor und küsste sie, dann verwandelte er sich in einen riesigen, schwarzen, Wolfs-ähnlichen Hund mit großen braunen Augen. *„Kannst du mich jetzt hören?"*, dachte er zu ihr. „Ja, ich kann dich hören."

„Ich werde jetzt losrennen. Schrei nach mir, wenn du mich nicht mehr hören kannst. Ich will schauen, ob es aus größerer Entfernung auch noch funktioniert."

„Okay."

Er rannte los und sang dabei „Cheeseburger in Paradise". Elain lachte.

Sie konnte ihn immer noch hören, als er über hundert Meter entfernt im Wald verschwunden war, dann wurde seine Stimme immer leiser. Als sie ihn nicht mehr hören konnte, schrie sie: „Jetzt! Ich kann dich nicht mehr hören!" Dann wurde er langsam wieder hörbar.

„Verdammt, das ist unglaublich."

„Was?"

„Schrei jetzt nicht mehr, Baby. Denk an mich."

Sie war sich nicht sicher, wie sie das tun sollte, schloss aber die Augen, und konzentrierte sich auf ihn. *„Kannst du mich so hören?"*

„Ja." Seine Stimme in ihrem Kopf klang verblüfft. *„Jetzt*

versuche, etwas zu singen. Ich will sehen, ob deine Reichweite zu mir größer ist als meine zu dir."

„Was soll ich singen?"

„Was du willst."

Doch natürlich fiel ihr auf die Schnelle kein einziges Lied ein, das sie auswendig konnte.

„Summ einfach etwas in deinem Kopf. Irgendetwas."

Endlich erinnerte sie sich an den Text von „Come Monday" und begann, innerlich zu singen. Er lachte. *„Ich bin so froh, dass du Buffett magst, Baby. Sing weiter, bis ich dir sage, dass du aufhören sollst."*

Also sang sie weiter, bis das Lied zu Ende war und fing dann wieder von vorn an. Sie hatte es fast zur Hälfte ihrer zweiten Wiederholung geschafft, als er sie stoppte.

„Okay Schatz. Wow."

„Was?"

„Ich bin gleich wieder da."

Sie sah zu, wie er wenige Augenblicke später durch die Bäume aus dem Wald kam und die Weide im vollen Lauf überquerte. Sein Körper war beim Rennen tief am Boden und seine Beine streckten sich zu riesigen Sprüngen, die ihr Herz als Antwort pochen ließen. Sie wollte es nicht mit ihnen tun, während sie verwandelt waren, aber zu wissen, dass in diesem Tier ein gut aussehender Mann steckte …

Sie seufzte.

Alles meins.

Als er sich ihr näherte, wurde er langsamer, trottete dann heran und sprang auf die Ladefläche des Wagens. Dann legte er den Kopf schief.

„Was?", fragte sie laut.

Er sah sich um, verwandelte sich dann und lockte sie mit seinem Zeigefinger zu ihr. Sie sah sich nervös um, aber als sie Cails steifen Schwanz entdeckte, kletterte sie neben ihm auf die Ladefläche. „Du denkst also, ich sehe sexy aus, wenn ich laufe?" Er zog sie zu sich herunter und küsste sie.

„Ja."

Dann schob er ihr Oberteil und ihren BH hoch und begann, mit dem Mund ihre rechte Brust zu liebkosen, während er ihre linke Brustwarze mit seinen Fingern rieb. Nach ein paar Minuten war ihr Höschen durchnässt. Sie presste ihre Hüften gegen ihn, seine Erektion drückte durch ihre kurze Hose gegen sie.

„Bitte!", keuchte sie und schnappte nach Luft.

„Bitte, was?", knurrte er.

„Ich halte es nicht mehr länger aus."

Er drehte sich herum und schob ihre kurze Hose herunter. „Du meinst, du willst meinen Schwanz in dir?"

Ihre Muschi pochte, sie wollte ihn so sehr. „Ja!"

Er machte sich nicht die Mühe, ihr Oberteil auszuziehen, sondern packte ihre Hüften und schob sein riesiges Teil mit einem zufriedenen Stöhnen in sie hinein. „Oh Gott, du fühlst dich sooo gut an, Baby."

Er bewegte sich langsam und presste seinen Körper gegen ihren, sodass sein Schwanz an ihrer Klitoris entlang glitt, während er zustieß. Cail hatte im Bett ein Talent, das seine Brüder in dieser Hinsicht nicht hatten. Er konnte sie ohne weitere Hilfe und nur indem er sie fickte zum Kommen bringen.

Sie drückte ihre Lippen auf seine. „Ich muss unbedingt duschen, wenn wir wieder zu Hause sind", keuchte sie.

Er grinste. „Wie wäre es, wenn ich dich noch einmal in den Pool werfe?" „Super Idee. Brodey wird mich vögeln, bevor ich überhaupt rauskomme." Ain war der starke, grüblerische Bruder. Cail war sensibel und nachdenklich, und Brodey …

Nun, Brodey war ein großer, verspielter, dauergeiler Welpe. Er lachte. „Wahrscheinlich."

Sie schloss ihre Augen und drückte ihre Hüften gegen ihn, während er den perfekten Rhythmus und den perfekten Winkel fand. Elain strich mit den Fingern über seinen Rücken, was Cail ein zufriedenes Stöhnen entlockte.

„Genau so … du weißt genau, was ich mag", flüsterte er.

Ihr Höhepunkt kam wie eine Welle immer näher gerollt, sie grub ihre Nägel in seinen Arsch und sein daraus resultierendes Stöhnen steigerte ihre Lust noch weiter. Als er sie kommen fühlte, stieß er hart zu und schob sie durch die Wucht beinahe in die Fahrerkabine. Sie stöhnten und schienen miteinander zu verschmelzen, während sie gleichzeitig kamen, bis Cail schließlich völlig erschöpft auf ihr zusammenbrach.

„Verdammt, Baby", flüsterte er, „du bist unglaublich."

„Du bist auch nicht übel."

Er grinste. „Nur nicht übel?"

Sie lachte. „Ich bin immer noch dabei, euch drei zu bewerten und in eine Reihenfolge zu setzen." Er lachte mit ihr, half ihr, sich aufzusetzen und schnappte sich seine eigene Kleidung. Es war wirklich ein großer Vorteil, all dieses Land zu haben, um im Freien unartig sein zu können, ohne sich Sorgen zu machen, erwischt zu werden. Wenn sie so weitermachte, würde sie wahrscheinlich bald o-beinig werden.

Nicht, dass es ihr etwas ausgemacht hätte.

Während der Fahrt zurück nach Hause kuschelte sich eng an seine Seite und sobald sie zu Hause angekommen waren, ließ sie ihre Kleider auf den Rand des Beckens fallen und tauchte in das kühle Wasser. Warum sich mit einem Badeanzug abmühen?

Wenige Augenblicke später hörte sie hinter sich ein Platschen. Bevor sie sich umdrehen konnte, hatte Brodey sie gepackt und mit einem breiten Grinsen im Gesicht zu sich gedreht.

Sie schlang ihre Arme und Beine um ihn und schnappte nach Luft, während sein Schwanz in sie glitt.

„Hallo, erst mal."

Seine Hände umfassten ihren Arsch. „Du weißt genau, dass ich niemals widerstehen könnte, wenn du nackt um mich herum schwimmst."

Sie lachte. „Du warst nicht da, als ich reingesprungen bin."

„Ich habe dich und Cail zurückkommen gehört. Ich war draußen in der Gerätescheune."

„Also warst du nicht hier, als ich ins Wasser gesprungen bin."

Er küsste sie und sie tauchten zusammen unter. Als sie einen Moment später wieder auftauchten, hatte er sie zum flachen Ende des Beckens manövriert, sodass er mit den Füßen den Boden berührte.

Verspielter Welpe – das beschrieb den Beta-Bruder Brodey wirklich sehr passend.

Er liebte es, mit ihr im Pool herumzuplanschen. „Es wäre viel passender, wenn du dich in einen portugiesischen Wasserhund verwandeln könntest, anstatt in einen Wolf", neckte sie ihn.

„Den Witz hat Ain schon vor zwanzig Jahren gemacht."

„Verdammt."

Er küsste sie, und glitt dann langsam in sie hinein. Dann ließ er seinen Kopf auf ihre Schulter sinken. „Kommst du für mich, Baby?", fragte er mit einem leisen Stöhnen. Sie hielt ihn fest und streichelte sein Haar. „Nein, Schatz. Hab du etwas Spaß. Ihr habt mich heute schon total erschöpft."

Das musste sie ihm nicht zweimal sagen, seine Bewegungen wurden schneller und kräftiger und sie hielt sich an ihm fest, während sein großer Schwanz in sie hämmerte. Doch im Wasser war es nicht annähernd so hart, wie es sich flach auf dem Rücken im Bett angefühlt hätte. Sie vermutete, dass das einer der Gründe war, warum er es liebte, sie im Wasser ranzunehmen.

Elain schnupperte an seinem Ohr und biss dann fest zu.

Er schrie auf, stieß ein letztes Mal zu und kam dann fest an sie gedrückt.

„Scheiße!", flüsterte er, immer noch zitternd.

„Hat dir das gefallen?"

Er lachte und hob dann den Kopf, um sie anzusehen. „Verdammt, ja. Du weißt genau, dass es mir gefallen hat." Er küsste sie. „Du hast wieder meine Gedanken gehört, oder?" Cail liebte es, wenn sie ihn etwas mit ihren Nägeln kratzte, Brodey genoss ein wenig Knabbern und Kitzeln, und Ain gefiel es eher traditionell. „Du denkst verdammt laut, wenn du geil bist, Süßer", neckte sie ihn.

Er glitt aus ihr heraus, hielt sie in seinen Armen, und trug sie dann aus dem Pool. „Ich kann nichts dafür. Das machst du mit mir."

Sie zweifelte kein bisschen an ihm oder den anderen beiden Männern. Obwohl sie vorher nie an Liebe auf den ersten Blick – oder in Brodeys Fall Biss – geglaubt hatte, konnte sie nicht leugnen, dass es sich mit diesen drei Männern echt und unglaublich stark anfühlte.

* * *

BEIM ABENDESSEN WAREN BRODEY UND AIN ERSTAUNT, als Cail ihnen von Elains Fähigkeiten erzählte. „Das ist unglaublich!", sagte Ain.

Cail nickte. „Ich weiß. Ich konnte es auch kaum glauben." Elain sah die Männer an. „Ja, aber das ist doch gut, oder?" Brodey zuckte mit den Achseln. „Es ist weder gut noch schlecht, Baby. Es ist einfach, wie es ist. Aber es ist definitiv ungewöhnlich."

Er stand auf und trug seinen leeren Teller zur Spüle.

„Willst du, dass ich dich morgen nach Venice fahre, um mehr von deinen Sachen zu holen?" Er hatte sie schon einmal dorthin gefahren, damit sie genug Kleidung für ein paar Tage einpacken konnte.

Elain wollte Ain unbedingt fragen, ob er sich entschieden hatte, sie wieder arbeiten gehen zu lassen oder nicht. Er hatte ihr gesagt, dass er darüber nachdenken und ihr dann seine Antwort am Ende der Urlaubstage geben würde, die sie sich genommen hatte, um sie mit ihnen zu verbringen. Doch er hatte sie gewarnt, ihn damit nicht zu nerven, da er sonst auf jeden Fall nein sagen würde.

Wenn jemand ihr vor einer Woche gesagt hätte, dass sie bereit sein würde, jemand anderen über ihre Zukunft bestimmen zu lassen, hätte sie ihn ausgelacht. Aber nun hatte sich ihre ganze Welt geändert. Die Männer hatten absolut recht gehabt, als sie ihr gesagt hatten, wie tief und stark ihre Gefühle für sie werden würden. Sie zu lieben fühlte sich so natürlich an wie Atmen.

Sie verstand, warum sie nicht wollten, dass sie beim Live-Fernsehen arbeitete, aber sie hoffte, dass er ihr erlauben würde, einen Job als Produzentin hinter den Kulissen zu übernehmen. Der Chef des Senders hatte bereits zugestimmt, obwohl er ein wenig verwirrt reagiert hatte, weil sie ihren Job im Live-Fern-sehen aufgeben wollte, für den sie so hart gearbeitet hatte.

„Lass uns ein paar Tage warten, Brodey", sagte sie. „Im Moment haben ich noch alles, was ich brauche. Außerdem muss ich morgen einkaufen gehen, weil ich euch morgen Abend ein schönes Abendessen kochen will. Bis jetzt habt ihr mich die ganze Zeit verwöhnt."

Als sie aufstehen wollte, um ihren Teller zur Spüle zu bringen, kam Cail ihr zuvor und nahm ihr den Teller ab, doch bevor er damit davongehen konnte, küsste sie ihn.

Die Männer behandelten sie wirklich wie eine Prinzessin.

„Dich richtig zu verwöhnen ist unser Job", sagte Ain mit einem verspielten Lächeln. „Du gewöhnst dich besser gleich daran."

* * *

Später am Abend rief Ain einen seiner entfernten Cousins an. Jocko Connelly lebte immer noch auf dem Gelände des Clans in Maine und war Mitglied ihres Rates. Er verfügte neben seinem umfangreichen praktischen Wissen über Gestaltwandler auch eine Menge Wissen über Mystik, Esoterik und Abstammungen andere Clans.

„Hallo, Aindreas!" Jocko sprach immer noch mit schottischem Akzent. „Wie geht es dir? Lange nichts von dir gehört. Ich muss euch wohl gratulieren, wenn man der Gerüchteküche glauben kann."

„Mir geht es gut, und ja, danke. Ich habe eine Frage an dich." „Schieß los."

„Nur aus Interesse, was könnte der Grund sein, wenn eine Gefährtin, die keine Wandlerin ist, die Gedanken ihres Gefährten aus großer Entfernung hören kann? Knapp einen halben Kilometer entfernt, wenn sie sich darauf konzentriert. Und … auch so weit kommunizieren kann?"

Am anderen Ende der Leitung entstand ein kurzer Moment der fassungslosen Stille. „Wirklich? So weit?"

„Glaubst du, das liegt daran, dass wir Drillings-Alphas sind?"

„Ich weiß es nicht, Kumpel. Könnte aber sein. Ihr seid die einzigen Drillinge, das wisst ihr. Und ihr seid alle Alphas. Es gibt Dinge, die auf euch zutreffen könnten, von denen man noch nie vorher gehört hat."

Das ist nicht sehr hilfreich. „Irgendwelche anderen Ideen?"

„Ich habe von Fällen gehört, in denen Halbwandlergefährten diese Art von Fähigkeit hatten, aber ich nehme an, dass sie keine Halbwandlerin ist?"

Ain dachte einen Moment nach, bevor er antwortete. „Nein. Das würde sie doch wissen, oder?" „Würde man zumindest denken. Ich meine, das ist nicht die Art von Familiengeheimnis, die in unseren Kreisen geheim gehalten wird."

„Sie war total schockiert, als sie erfahren hat, was wir sind. Ich bin mir ziemlich sicher, dass sie nicht von Gestaltwandlern abstammt."

„Äh, na ja, vielleicht hat sie entfernte Verwandte, die Gestaltwandler sind. So was kann man nie ganz ausschließen. Wie heißt sie?"

„Elain Pardie."

„*Hmm.* Pardie … Pardie … Das kommt mir bekannt vor. Woher kommt sie?" Ain verspürte Schuldgefühle, die er nicht ganz einordnen konnte. „Ich glaube, sie ist in Tampa aufgewachsen."

„Lass mich kurz darüber nachdenken und etwas recherchieren. Ich melde mich bei dir."

„Danke."

„Und wann kommt ihr alle das nächste Mal zu Besuch?"

„Bin mir noch nicht sicher. Ich lasse es dich wissen."

„Wir würden uns freuen."

Nachdem er das Gespräch beendet hatte, versuchte Ain, die wachsende Unruhe in seinem Magen zu verdrängen. Elain konnte keine Halbwandlerin sein, das würde sie wissen. Außerdem hätte ihr Rudel niemals zugelassen, dass sie ahnungslos aufwächst, geschweige denn Gefährtin wird.

Das konnte nicht die Antwort sein.

Den meisten Clans, einschließlich ihres eigenen, war es egal, mit wem ihre Mitglieder zusammen waren. Bis auf den Abernathy-Clan, der seine Alphas kontrollierte und aufpasste, dass sie nur Kontakt zu geeigneten Kandidaten hatten, sobald sie volljährig waren. Und wenn die Gefährtin trotzdem nicht aus den eigenen Reihen kam, musste die Paarung und Markierung genehmigt werden, bevor sie stattfinden konnte, normalerweise mit einer großen Mitgift.

Die Abernathys waren also vor allem effiziente, gierige Bastarde. Die Regel galt zwar nur für Alphas, aber das Problem war, dass die meisten der neuen Abernathy's keine Alphas waren, da sie durch Inzucht entstanden waren und ihre Abstammung dadurch stark verwässert wurde. Also konnte jeder Gestaltwandler, der kein Alpha war, sich mit jedem paaren. Oder besser gesagt, mit jedem der auch ein Abernathy war, und vom Abernathy-Rat anerkannt wurde. Abernathys ließen keine Leute zu, die keine Wandler waren. Für Wandler und Halb-Wandler musste die Paarungen immer vorab genehmigt werden. Häufig wurden Nicht-Alpha-Paarungen bereits vor der Geburt arrangiert, so hieß es zumindest. Sich als Mitglied ohne die vorherige Zustimmung des Rates außerhalb des Abernathy-Clans zu paaren – oder es zu wagen, sich als außenstehende Person mit einem Mitglied ihres Clans zu paaren – würde zu gewaltsamen Ausschreitungen führen.

Gruselige Arschlöcher. Kein Wunder, dass der Clan ausstirbt, Gott sei Dank.

Im Laufe der Jahrhunderte hatte Ain sogar Geschichten von Abernathy-Wandlern gehört, die sich mit jemandem gepaart hatten, der vom Abernathy-Clan nicht anerkannt worden war, und dann vom Clan ermordet worden war.

Aber all das erinnerte Ain daran, dass sie mehr mit Elain reden mussten, um mehr über ihre Vergangenheit und ihre Familie zu erfahren und ihr von ihrer zu erzählen.

Doch nachdem sie sich all die Jahre gefragt hatten, ob sie ihre Eine jemals treffen würden, war es nun schwer, die Finger von ihr zu lassen. Sie war nicht die erste Frau, in die er sich jemals verliebt hatte – sie alle hatten in der Vergangenheit schon mal jemanden gehabt.

Aber jetzt, da Elain in ihr Leben getreten war, wollte Ain sich nur noch auf sie konzentrieren und den Rest der Welt ausschließen. Und alle möglichen Bedrohungen von ihr fernhalten.

Hoffentlich würde er sie davon überzeugen können, nicht mehr arbeiten zu gehen. Er verstand, dass sie arbeiten wollte, aber vielleicht konnte sie etwas anderes finden, was ihr Spaß machte.

Etwas, das sie näher an ihrem Zuhause halten würde, wo sie sie beschützen konnten.

Denn wie er und seine Brüder nur zu gut wussten, konnte sich das Leben in wenigen Momenten für immer verändern …, und zwar zum Schlimmsten. Sie trauerten immer noch um ihre kleinen Schwestern.

Und Ain würde für immer von dem verfolgt werden, was er damals aus Rache getan hatte.

KAPITEL DREI

Cain küsste Elain am nächsten Morgen, dann löste er sich von ihr.

„Wo gehst du hin?", murmelte sie schläfrig.

„Es tut mir leid, Süße. Schlaf du aus. Ich muss den Jungs heute früh mit den Rindern helfen." Er streichelte ihren Rücken, rieb ihre Schultern. Sie stöhnte, während sie in die Matratze schmolz. „Okay", murmelte sie.

Dann küsste er ihren Nacken. „Mach dir keine Sorgen wegen des Mittagessens, du musst nicht kochen. Wir müssen sowieso in die Stadt fahren, um einzukaufen." „Mhm hm."

Er ging hinaus und schloss leise die Schlafzimmertür hinter sich. Dann hörte sie, wie sie sich in der Küche unterhielten, roch frischen Kaffee und hörte, wie Brodey einen Schrank durchwühlte.

„Scheiße", grummelte Brodey.

„Was ist, Brodey?" Das war Cail. Sie erkannte seinen etwas sanfteren Ton. Manchmal rollte er seine Rs noch ein wenig, ein Überbleibsel aus seiner Kindheit und den Jahren, die er in Schottland verbracht hatte.

„Wir haben keine Cheerios mehr!", jammerte Brodey.

Ein müder Seufzer erklang. Definitiv Ain. „Iss einfach etwas anderes.“

„Aber ich mag Cheerios. Das weißt du. Heute ist mein Tag für Cheerios. Gestern Cornflakes, morgen Schoko-Pops.“ „Iss etwas!“, knurrte Ain.

Sie unterdrückte ein amüsiertes Schnauben und stieg langsam aus dem Bett, wobei sie einen angenehm schmerzhaften Muskelkater bemerkte. Sie wollte dem armen Brodey Frühstück machen, damit er aufhören konnte, sich zu beschweren.

Also griff sie nach einem T-Shirt – dem Geruch nach von Cail – und ging zur Schlafzimmertür. Schließlich fiel ihr auf, dass sie die Männer tatsächlich hören konnte, als wären sie im selben Raum und nicht auf der anderen Seite des Hauses. Vor zwei Wochen war das noch nicht möglich gewesen. Und auch ihr Geruchssinn war unglaublich gut geworden.

Wow, Ain hat wirklich nicht gelogen, als er gesagt hat, dass meine Sinne sich verbessern könnten! In dem Moment, als sie nach dem Türknauf des Schlafzimmers griff, hörte sie Brodey wieder sprechen.

* * *

„UND, willst du ihr erlauben, ihren Job zu behalten?“, fragte Brodey Ain.

Er schüttelte den Kopf. „Nein. Bist du verrückt? Aber ich weiß, dass sie am Ende ihrer Urlaubszeit keine Lust mehr haben wird, zur Arbeit zu gehen. So wird sie zumindest denken, dass sie die Entscheidung selbst getroffen hat. Es erspart mir, ihr etwas verbieten zu müssen.“

Cail runzelte die Stirn. „Das ist verdammt hinterhältig, Ain. Sie liebt Ihren Job.“

Ain knallte seine Schüssel etwas fester als beabsichtigt auf die Theke. „Du weißt genauso gut wie ich, dass sie jetzt nicht

24

arbeiten kann. Vor allem nicht bei einem Fernsehsender. Bist du verrückt?"

Brodey funkelte ihn an. „Du solltest sie nicht so manipulieren. Ich persönlich finde, dass du sie arbeiten lassen solltest."

„Was? Bist du auch verrückt geworden, so wie Cail?"

Brodey zuckte mit den Achseln. „Ich mag es nicht, wenn du sie austrickst." „Ich habe sie nicht ausgetrickst. Ich habe ihr gesagt, dass ich darüber nachdenken werde. Das ist keine Lüge." „Okay", sagte Cail, „aber du hast ihr nicht gesagt, dass du dich schon entschieden hast. Das ist falsch und fast so schlimm wie eine Lüge."

Ain funkelte sie beide an. „Es ist nicht eure Entscheidung, sondern meine."

„Aber wir sollten mitentscheiden dürfen!", protestierte Cail. „Möchte ich, dass sie arbeitet? Ganz ehrlich? Nein. Aber ich will, dass es ihre Entscheidung ist, und nicht irgendeine manipulative Scheiße. Ich finde, das wäre falsch."

Brodey war bei dieser Angelegenheit auf Cails Seite. „Du hast gesagt, wir würden sie nicht zwingen, unsere Gefährtin zu werden. Deshalb finde ich, dass wir sie auch nicht zwingen sollten, ihren Job aufzugeben. Ja, sie sollte nicht vor der Kamera stehen, da bin ich deiner Meinung, aber sie sollte weiter arbeiten dürfen, wenn sie das will."

„Ihr Platz ist hier bei uns", knurrte Ain mit dunkler Stimme. „Sie ist unsere Gefährtin. Es ist unsere Aufgabe, für sie zu sorgen, sie zu beschützen, sie glücklich zu machen. Und genau das werden wir tun." Er kippte den Rest seines Müslis weg, da ihm der Appetit vergangen war. „Ihr wisst genau, dass sie nicht mehr arbeiten will, wenn sie noch ein paar Tage bei uns verbringt."

Brodey ließ nicht locker. „Ich weiß, dass sie nicht vor der Kamera arbeiten kann. Aber lass sie wenigstens irgendwo in der Stadt einen Job suchen."

Cail blickte nervös zwischen den beiden hin und her. „Da muss ich Brodey zustimmen, Ain. Ich denke nicht, dass es richtig ist, sie zu manipulieren." „Drängt mich nicht dazu, Jungs. Ihr wisst, dass ich recht habe. Vielleicht findet sie in ein paar Monaten einen Job irgendwo in Arcadia, in der Nähe unserer Ranch, aber sie kann nicht beim Fernsehsender arbeiten. Und in ein paar Tagen will sie sowieso nicht mehr arbeiten. Dann wird sie denken, dass es ihre Idee ist und wir müssen uns nicht mit ihr darüber streiten. Alle werden glücklich sein. Ich versuche, es uns allen leicht zu machen." Wütend stürmte er aus der Küche und knallte die Tür hinter sich zu.

* * *

CAIL UND BRODEY SAHEN SICH ANGEWIDERTE AN, dann folgten sie ihm zur Tür hinaus.

Elain stand wie angewurzelt da und lauschte mit klopfendem Herzen.

Sie hatte Ain vertraut. Obwohl ihr klar gewesen war, dass er vielleicht nicht auf sie hören würde, war sie davon ausgegangen, dass er es zumindest in Betracht ziehen würde.

Doch das hatte er nicht.

Und dieser Verrat tat ihr weh. Höllisch sogar. Sie spürte einen körperlichen Schmerz in ihrer Brust. Komisch, da sie das immer für einen albernen Mythos gehalten hatte. Als die Männer durch die Hintertür gestürmt und um die Seite des Hauses verschwunden waren, handelte Elain instinktiv. Sie schnappte sich ihre Reisetasche und stopfte so viel hinein, wie sie konnte, mehr als die Hälfte dessen, was sie aus ihrem Haus mitgebracht hatte.

Ain hatte darauf bestanden, dass sie sich „Urlaub" von der Arbeit nahm?

Scheiß drauf, ich werde diesen Urlaub so verbringen, wie ich es will, nicht so, wie du es dir vorgestellt hast.

Sie zog sich an und schnappte sich ihr Handy, das Ladegerät, ihre Handtasche und die Schlüssel. Der Schmerz in ihrer Brust wurde stärker, fühlte sich jetzt an wie ein Druck.

Großartig. Vielleicht bekomme ich einen Herzinfarkt. Das wird es ihnen zeigen.

Nein, nicht ihnen.

Ihm. Ain.

Brodey und Cail hatten zumindest genauso aufgebracht geklungen, wie sie sich fühlte.

Sie blieb an der Haustür stehen und betrachtete den Ring an ihrem Finger. Wie konnte sie Ain jetzt heiraten? Nachdem er sie so offensichtlich belogen hatte. Er war unehrlich gewesen und hatte versucht, sie zu manipulieren.

Es tat fast körperlich weh, den Ring von ihrem Finger zu streifen, weil sie wusste, dass sie sich damit nicht nur von Ain, sondern auch von Brodey und Cail abwandte. Mit dem Ring in der Hand ging sie in die Küche und legte ihn in die Mitte des Tisches, wobei sie sich fragte, wer ihn zuerst finden würde. Doch sie entschied schnell, dass es zu sehr schmerzte, darüber nachzudenken.

Dann warf Elain ihre Sachen in ihr Auto und fuhr davon, ohne in den Rückspiegel zu schauen.

Als sie fast in Arcadia angekommen war, fiel ihr ein, dass, sie ihr Handy ausschalten sollte, da sie nicht angerufen werden wollte. Denn wenn sie mit Ain sprechen würde, war ihr klar, dass er einer seiner „Erlasse" aussprechen würde, und sie sich ihm beugen würde.

Sie konnte seine Erlasse nur umgehen, indem sie nicht mit ihm sprach. Es war ihre einzige Chance, ihm keine Macht über ihr Leben zu geben. Sie beschloss, für ein paar Minuten nach Hause zu gehen, um einen Koffer zu packen und einen Flug nach Spokane zu buchen.

Bei dieser Idee ließ der Druck auf ihrer Brust ein wenig nach.

Cail war nicht der Einzige, dem Schlupflöcher einfielen, um seine Macht zu umgehen.

Scheiß auf Ain.

Sie machte sich nicht einmal die Mühe, nicht zu fluchen.

Scheiß auf ihn. SCHEISS auf ihn!

Auf dem ganzen Weg zurück nach Venice blickte Elain nervös in ihren Rückspiegel. Sie war sich nicht sicher, wie viel Zeit sie haben würde, bis sie nach ihr suchen würden. Nur Brodey wusste, wo sie wohnte, aber es würde nicht lange dauern, bis Ain ihn dazu gebracht hatte, es ihm zu sagen. Als sie in ihre Auffahrt einbog, zitterten ihre Hände vor Anspannung.

Sie rannte schnell hinein, fuhr ihren Computer hoch und packte einen Koffer. Als sie fertig gepackt hatte, buchte sie einen Flug von Tampa International nach Spokane, der in drei Stunden abflog. Noch immer traute sie sich nicht, ihr Handy einzuschalten.

Aber sie wollte auch nicht, dass Brodey und Cail sich Sorgen um sie machten oder dachten, dass etwas Schreckliches passiert sei.

Nach kurzer Überlegung verfasste sie eine E-Mail an Cail.

ICH HABE GEHÖRT, wie Ain mit euch über meinen Job gesprochen hat. Ich habe auch gehört, dass ihr ihm widersprochen habt, was ich wirklich zu schätzen weiß. Es tut mir leid, Cail, Brodey, aber egal, wie sehr ich euch beide liebe, ich kann diesem Hurensohn nicht mehr vertrauen. Ich kann es nicht riskieren, Kontakt mit Ain zu haben, da er seine beschissene Macht einsetzten könnte, um mich zur Rückkehr zu zwingen. Ich muss für eine Weile weg. Bitte macht euch keine Sorgen. Vielleicht kann ich irgendwann mit euch beiden reden, aber mit ihm kann ich nicht sprechen. Es tut mir leid. Vielleicht findet ihr eine Frau, der es nichts ausmacht, herumkommandiert zu werden, ohne dass auf ihren eigenen Willen Rücksicht genommen wird oder wie unglücklich sie ist. Ich gebe euch die Erlaubnis, jemand anderen zu finden oder den Bund, den wir eingegangen sind, zu brechen, damit ihr mich gehen lassen könnt. Es ist okay. Ich habe das Gefühl, dass ich ohne euch drei unglücklich sein werde, aber ich weiß, dass ich unter Ains Fuchtel noch unglücklicher sein würde.

SIE MERKTE, dass sie wieder weinte.

Dann drückte sie auf „Senden", schaltete den Computer aus, ging zur Tür hinaus und schloss hinter sich ab.

* * *

ALS DIE MÄNNER KURZ NACH FÜNF VON DEN SCHEUNEN ZURÜCKKAMEN, ging Ain sofort duschen. Cail sah sich um. „Wo ist Elain?"

Brodey schüttelte den Kopf und blickte aus einem der Vorderfenster. „Auto ist weg. Wahrscheinlich einkaufen. Das hat sie gestern Abend erwähnt."

Cail nickte. „Stimmt, sie wolle ein schönes Abendessen für uns kochen." Dann ging er in sein Arbeitszimmer, um seine E-Mails zu checken. Brodey ging in die Küche. Er war etwas hungrig, wollte sich aber nicht den Appetit aufs Abendessen verderben.

Naschen oder warten ... Naschen oder warten ...

Er entschied sich für ein Glas Saft. Das würde helfen. Dann setzte er sich an den Tisch, um die Zeitung zu Ende zu lesen. Doch plötzlich sah er etwas in der Mitte des Tisches liegen.

* * *

Cail überflog seine E-Mails und hätte die von Elain fast übersehen. Als er sie öffnete, fühlte es sich an, als würde sich sein Herz zu einer festen Kugel zusammenziehen. Er musste sie mehrmals lesen, um wirklich zu begreifen, was dort stand. Sie hatte sie bereits am Vormittag abgeschickt.

„Brodey!" Sein Bruder antwortete nicht, aber vielleicht lag es daran, dass seine Stimme vor Schock zu leise gewesen war. „Brod!"

Nach einer gefühlten Ewigkeit erschien er in der Tür zum Arbeitszimmer. „Sie ist weg", flüsterte Brodey.

Cail drehte sich verwirrt zu ihm. „Aber wie hat sie ..." Dann erblickte er den Ring in Brodeys Hand.

Brodey sah aus, als würde er gleich weinen. „Hat sie eine Nachricht hinterlassen?"

Cail nickte und trat vom Computer weg.

Schon beim Lesen begann Brodey zu weinen und sein Kiefer verkrampfte sich vor Wut. „Verdammter Bastard! Wir haben ihn gewarnt, ihr das nicht anzutun. Verdammt!"

Brodey steckte den Ring in seine Tasche und verschwand für einen Moment in ihrem Schlafzimmer. Ain war immer noch unter der Dusche. Als Brodey eine Minute später wieder auftauchte, hatte er eine Reisetasche über der Schulter.

Cail packte ihn am Arm. „Wo gehst du hin?"

„Gib mir dein Handy." Brodey zog sein eigenes aus seiner Jeans und stellte es auf lautlos, bevor er es Cail reichte.

„Was?"

„Gib mir dein verdammtes Handy!", also gab Cail es ihm. „Ich gehe ihr nach. Ich will nicht, dass das Arschloch mich anruft und zurück befehlen kann. Das verschafft mir ein paar Stunden, bis ich mir ein Prepaid-Handy besorgt habe." Er ging zur Haustür.

„Ich komme mit!"

Brodey drehte sich zu ihm um. „Nein, du bleibst hier und versuchst, das Riesenarschloch für ein paar Stunden von mir fernzuhalten."

„Was zum Teufel soll ich ihm sagen?"

„Noch nichts. Tu so, als hättest du diese E-Mail nicht gelesen. Ich brauche mindestens eine Stunde, um nach Venice zu fahren. Ich wette, sie ist nicht mehr da, weil es Stunden her ist, seit sie die E-Mail geschickt hat." Brodey sprach mit gesenkter Stimme weiter. „Ich werde versuchen herauszufinden, wo sie hinwill. Irgendwann wird er dich dazu zwingen, ihm zu sagen, was du weißt. Deshalb kann ich dir nichts sagen. Sobald er dich dazu gezwungen hat, zu reden, musst du mir schreiben, falls es nicht sicher ist, anzurufen. Okay?"

Cail nickte. „Okay", antwortete er leise.

Als Brodey gerade aus der Tür gehen wollte, packte Cail ihn erneut am Arm. „Bitte sag ihr, dass ich sie liebe, wenn du sie findest. Okay? Und sag ihr, dass es mir leidtut."

Er nickte und umarmte seinen Bruder fest. „Das werde ich. Darauf kannst du dich verlassen."

Cail sah ihm nach, während er davonfuhr. Dann hörte er, wie die Dusche im Bad abgeschaltet wurde und eilte zurück in sein Arbeitszimmer, um seinen E-Mail-Account zu schließen. Danach schaute er auf Brodeys Handy, stellte es auf lautlos, nicht nur auf Vibration, und steckte es in seine Tasche.

Er konnte nur beten, dass Brodey sie finden würde.

* * *

BITTE, Baby, bitte verlass uns nicht, sang Brodey leise und hoffte, dass es bis nach Venice gelangen würde. Er wusste, dass er einen Strafzettel riskierte, weil er die Geschwindigkeitsbegrenzung überschritt. Als er ihr Haus erreichte, sank ihm das Herz in die Hose, als er ihre leere Einfahrt erblickte.

Er parkte das Auto und dachte einen Moment nach. Wie konnte er hineinkommen? Dann erinnerte er sich, dass sie sich ausgeschlossen hatte, als er verwandelt bei ihr gewesen war und sie ihn spazieren geführt hatte.

Ersatzschlüssel.

Er lag noch am selben Platz. Nachdem er aufgeschlossen hatte, ging er sofort in ihr Schlafzimmer. Sie hatte ein paar Klamotten auf dem Bett verstreut liegen lassen, Klamotten, die neulich nicht da gewesen waren, als er sie hergebracht hatte, um ein paar Sachen zu holen. Einige der Kleidungsstücke, die er schon so gut kannte, lagen nun verstreut herum. Er schloss die Augen und atmete den Duft von Zuhause ein, von der Ranch.

Verdammt.

Er schaltete ihren Computer ein und begann, ihren Schreibtisch zu durchsuchen, wobei er ihr Adressbuch fand.

Wo zum Teufel könnte sie hingegangen sein?

Er steckte das Adressbuch in seine Reisetasche und sah sich dann ihren Browserverlauf an.

Ah, ha!

Flugtickets.

Er öffnete ihre E-Mail und tatsächlich fand er eine Buchungsbestätigung für ihr Ticket mit einem Duplikat ihrer Bordkarte. *Spokane. Wer zum Teufel wohnt da?*

Sofort stiegen Schuldgefühle in ihm auf. *Ich muss sie wirklich besser kennenlernen.* Er sprang in ihre Dusche, zwang sich trotz seiner drohenden Erschöpfung zur Eile und zog sich um. Dann schaltete er ihren Computer aus, schloss das Haus ab und nahm den Schlüssel mit. Er wusste, dass sie bereits in der Luft nach Spokane war und nicht ans Handy gehen konnte. Es war fast halb sieben, als er auf dem Weg nach Tampa das Risiko einging, und Cail anrief, doch es ging nur seine eigene Mailbox dran und er hinterließ keine Nachricht.

Als Cails Handy Sekunden später klingelte, warf Brodey einen Blick darauf, sah, dass es sein eigenes Handy war, was ihn anrief und beschloss, es zu riskieren. „Ja?"

„Ich bin's", sagte Cail. „Ich kann ihn nicht mehr lange hinhalten. Ich glaube, er wird misstrauisch. Was ist los?"

Brodey hielt inne und formulierte sorgfältig seine Antwort. „Ich muss sie verfolgen."

„Weißt du, wohin sie geht?"

„Das kann ich dir nicht sagen."

Cail zögerte. „Du hast eine Ahnung."

„Das kann ich dir auch nicht sagen."

„Verstanden. Was kannst du mir erzählen?"

Brodey dachte einen Moment lang nach. Alles, was er Cail erzählte, würde Ain ebenfalls herausfinden. Und er konnte seine Brüder genauso wenig anlügen wie sie ihn.

„Ich war bei ihrem Haus in Venice, aber sie war nicht da. Ich weiß nicht genau, wohin sie gegangen ist, aber ich glaube, dass ich sie finden kann. Es wird Ain nichts nützen, zu ihr nach Hause zu gehen, weil ich das mitgenommen habe, was ich brauchte, um sie aufzuspüren. Er muss bleiben, wo er ist und beten, dass ich sie überreden kann, nach Hause zu kommen, wenn ich sie finde."

Jetzt war es an Cail, vorsichtig zu sein. „Erzähl mir nicht mehr als das, es sei denn, du willst, dass er es erfährt."

„Okay. Ich kann nicht versprechen, dass ich dich in den nächsten Tagen anrufen werde oder dir SMS schreiben kann."

„Versuche, mir wenigstens zu sagen, wenn du sie findest. Lass mich wenigstens wissen, dass es ihr gut geht."

„Das werde ich. Schreib mir sofort, wenn er dich zum

Reden zwingt. Dann weiß ich, dass ich keine Voicemails mehr abhören darf." Brodey legte auf und schaltete das Handy aus. Ab jetzt war er ohne Kontakt zur Außenwelt.

Er hielt in einem Geschäft in Sarasota an und kaufte zwei Handys mit Prepaid-Karten, und aktivierte beide. Er wollte nicht riskieren, dass Ain seine Anrufe nachverfolgen konnte.

Drei Stunden später war Brodey in der Luft und bestellte bei der Flugbegleiterin am Getränkewagen einen Scotch auf Eis. Dann zog er Elains Ring aus seiner Tasche und betrachtete ihn, während er gegen seine Tränen ankämpfte. Er konnte sie einfach nicht verlieren. Und er wusste, dass er Ain niemals zustimmen würde, sie zum Bleiben zu zwingen. Er liebte sie zu sehr, und wollte, dass sie glücklich war.

Auch wenn dieses Glück nicht bei ihnen war.

Was Elain nicht verstand, war, dass sie ihre Bindung zu ihr nicht mehr brechen konnten, da sie sich gepaart und sie markiert hatten. Das konnte nur der Tod.

Sie waren vielleicht nicht mehr bei ihr, aber jetzt konnten sie auch mit niemand anderem mehr zusammen sein.

Er erlaubte sich ein paar Minuten der Trauer und Frustration, dann fing er an, in ihrem Adressbuch zu blättern.

Ich bin so dumm. Er wusste nicht einmal, wie ihre Mutter hieß oder wo sie lebte. Ain war zu sehr damit beschäftigt gewesen, Elain an sie zu binden, um sie auch nur einmal nach all dem zu fragen.

Kein Wunder, dass sie abgehauen ist.

Offen gesagt, konnte er es ihr nicht verübeln.

Er fand drei Namen mit Adressen in Spokane, alles Paare, wie es den Einträgen zu entnehmen war. Keine mit Elains Nachnamen. Dann fand er einen vierten Eintrag und wusste, dass er den Jackpot geknackt hatte.

(Mom) Carla Taylor, 859 E. Falls Hill Dr., Spokane.

. . .

DANEBEN HATTE SIE EINE TELEFONNUMMER NOTIERT.

Er schloss die Augen und holte erleichtert Luft.

* * *

AIN HATTE KEINE AHNUNG, was los war. Cail arbeitete bei geschlossener Tür in seinem Arbeitszimmer, Brodey war irgendwo verschwunden, und Elain war auch nicht da.

Um halb sieben, als weder Elain noch Brodey zurückgekehrt waren, klopfte Ain an Cails Arbeitszimmertür.

„Komm rein."

Cail saß über seinen Computer gebeugt, die Buchhaltungssoftware hochgefahren, das Geschäftsscheckbuch aufgeschlagen auf dem Schreibtisch neben ihm, daneben Stapel von Quittungen und Rechnungen. „Was ist los?", fragte Ain ihn.

„*Hmm?* Was meinst du?"

Cails Stimme klang irgendwie nervös, zu laut. Sowohl Brodey als auch Cail hatten ihm fast den ganzen Tag die kalte Schulter gezeigt.

Da er ihn nach ihrem morgendlichen Wortwechsel nicht weiter verärgern wollte, fragte Ain vorsichtig: „Sollen wir uns heute Abend zum Abendessen selbst versorgen? Oder kocht Elain? Ich will nicht essen, wenn sie etwas für uns geplant hat."

Cail drehte sich nicht zu ihm um, sondern zuckte nur mit den Schultern. „Ich glaube, du kannst dir selbst etwas nehmen. Da sind noch Reste im Kühlschrank, die du dir aufwärmen kannst." Ain betrachtete den Rücken seines Bruders und konnte die Anspannung in jedem Muskel sehen.

„Was ist los?", fragte Ain in noch einmal mit leiser Stimme.

Doch Cail drehte sich immer noch nicht um. „Ich muss mich um die Buchhaltung kümmern, hatte in den letzten Tagen keine Zeit dafür und bin im Rückstand." „Das meine ich nicht." Der Anblick von Cails Rücken fing an, ihn wirklich zu ärgern. „Was ist los? Wo sind Brodey und Elain?"

„Ich weiß es nicht."

„*Sag* mir, wo sie sind."

„Ich. Weiß. Es. Nicht."

* * *

SCHEISSE! *Ein Erlass.*

Cail wurde angespannt. Gott sei Dank wusste er es wirklich nicht!

„Haben sie dir gesagt, wohin sie gegangen sind?", knurrte Ain.

Cail stieß innerlich einen Seufzer der Erleichterung aus. „Nein, haben sie nicht." Er spürte Ains Anwesenheit direkt hinter sich. „Haben sie dir gesagt, wann sie zurückkommen?"

„Nö." Cail versuchte sich zu konzentrieren, während er eine weitere Quittung in die Software eingab.

„Sind sie zusammen irgendwohin gegangen?"

„Nicht, dass ich wüsste. Brodey ist gegangen, während du unter der Dusche warst." „Und du weißt nicht, wo er ist?"

„Nö."

Er hörte, wie Ain sich umdrehte und leise murmelte. Einen Augenblick später warf Cail einen Blick auf seinen Schoß, wo Brodeys Handy lag. Es leuchtete auf und er konnte Ains Handynummer auf dem Bildschirm sehen.

Cail lächelte. Manchmal konnte Brodey brillant sein, wenn er nur wollte.

Im Wohnzimmer hörte er Ains Stimme am Telefon: „Brodey, ruf mich zurück, wenn du das hier hörst. Ich würde gerne wissen, wo zum Teufel du und Elain sind." Ein weiterer leiser Seufzer der Erleichterung von Cail. Kein Erlass.

Bitte finde sie, Brod, dachte Cail. *Bitte finde sie, pass auf, dass ihr nichts passiert und überrede sie, nach Hause zu kommen.*

Wenn jemand sie überreden konnte, dann war es Brodey. Er wusste, dass sie Brodey oft verarschten, aber von allen Dreien war Brodey zugegebenermaßen der beste „Wolf". Der sensibelste und gefühlvollste, auch wenn es von Außen vielleicht nicht so wirkte. Außerdem hatte er die besten Instinkte.

Und wenn es mit Elain klappen sollte, würde Ain sich ein paar Scheiben von Brodey abschneiden müssen.

Und zwar schnell.

KAPITEL VIER

Elain hoffte, der Druck auf ihrer Brust würde besser werden, sobald sie angekommen war. Bisher war er zwar nicht schlimmer geworden, fühlte sich jetzt aber tiefer an, als würde etwas sehr schweres direkt auf ihrer Lunge sitzen. Sie hatte es geschafft, sich einen Fensterplatz zu ergattern und starrte nun auf den Golf von Mexiko hinab, während sie in Richtung Washington State flogen.

Würde Ain sie finden? Der Fernsehsender würde ihre persönlichen Informationen nicht herausgeben, das wusste sie. Und ihre Arbeit war der einzige Ort, an dem Ain nach ihr fragen konnte. Oder er könnte einen Privatdetektiv engagieren, aber dann würde es trotzdem einige Zeit dauern, sie zu finden.

Vielleicht würden Cail und Brodey es schaffen, ihn ihr für eine Weile vom Leib zu halten. Sie hatte nicht vor, ewig wegbleiben, und sie wusste genau, dass Ain bei ihrer Rückkehr nach Venice sofort an ihr kleben würde wie eine Fliege auf Scheiße, um sie zurück nach Arcadia zu befehlen.

Nicht, dass sie nicht dort sein wollte.

Sie wollte nur nicht dort sein, wenn *er* da war.

Armer Brodey und Cail. Sie schloss die Augen und versuchte, nicht zu weinen, während sie sich vorstellte, wie aufgewühlt sie sein mussten. Und das Schlimmste war, dass sie wusste, dass sie Ain liebte.

Dass er sie so behandelt hatte, obwohl sie ihm vertraut hatte, fühlte es sich an, als hätte ihr jemand ihr Inneres herausgerissen.

Es war bereits nach acht Uhr Ortszeit, als das Flugzeug in Spokane landete, und sie rief ihre Mutter nicht an, da sie sie überraschen wollte. Elain mietete ein Auto und überlegte, ob sie ihr Handy einschalten sollte, entschied sich aber dagegen. Sie würde sich ein anderes besorgen müssen, da sie die Voicemails von ihren Jungs nicht abspielen konnte.

Ihre Jungs.

Sie betrachtete sie bereits als ihre, doch das würde sie sich abgewöhnen müssen.

* * *

Ihre Mutter war angenehm geschockt von Elains Überraschungsbesuch. Carla umarmte sie zur Begrüßung, und trat dann einen Schritt zurück, um Elain in die Augen zu sehen. „Was ist los?" Elain versuchte zu lächeln, brach aber schluchzend zusammen. Daraufhin führte Carla sie zum Sofa, setzte sich und hielt Elain in den Armen, bis sie alles erzählt hatte. Nun, das meiste zumindest. Sie hatte nicht erwähnt, dass sie es mit allen drei Männern trieb, dass sie Gestaltwandler waren und sie sie erst seit ungefähr zwei Wochen kannte und jetzt ihre Gefährtin war. Und auch von diesen neuen, verrückten Stimmungsschwankungen, die ihr das Gefühl gaben, eine Fremde in ihrer eigenen Haut zu sein, erzählte sie nichts. Noch nie in ihrem ganzen Leben war sie so emotional gewesen.

„Also, er hat um deine Hand angehalten, und jetzt möchte er, dass du deinen Job kündigst?"

Elain schniefte. *So ungefähr.* „Ja. Ich habe gehört, wie er heute Morgen mit seinen Brüdern darüber geredet hat. Er hat mir eine Sache erzählt und ihnen etwas ganz anderes."

„Vielleicht solltest du mit ihm darüber reden. Vielleicht hast du nur die Hälfte des Gesprächs gehört."

„Ich weiß aber, dass er will, dass ich aufhöre."

„Dann tu es einfach nicht."

Ich wünschte, es wäre so leicht! „Ich liebe sie– ihn so sehr." *Puh, das war knapp.*

„Hast du schon gegessen?", fragte ihre Mutter.

Elain schüttelte den Kopf.

Carla drängte sie dazu, sich aufzusetzen. „Lass uns etwas zu essen für dich organisieren, Süße. Ich habe noch Mac and Cheese von gestern Abend im Kühlschrank. Wie lange bleibst du?"

Für immer? Ein tiefer, scharfer Stich durchfuhr sie, als sie das dachte. *Verdammter Alpha-Erlass.* Sie musste ein Schlupfloch finden, um ihn zu umgehen.

„Ich habe mir ein paar Tage freigenommen. Ich wollte etwas Zeit und Abstand zum Nachdenken." „Weiß er, wo du bist?"

„Nein. Ich habe ihm nicht gesagt, dass ich weggehe."

Carla runzelte die Stirn. „Hast du Angst vor ihm? Ist er gewalttätig?" „Nein!" Sie erkannte das skeptische Stirnrunzeln ihrer Mutter. „Nein, Mom, im Ernst. Er ist nur … sehr altmodisch." Sie holte tief Luft. „Er ist nicht gewalttätig, das schwöre ich. Glaubst du ernsthaft, ich würde das mitmachen? Ihm gefällt die Vorstellung einfach nicht, dass ich täglich zwei Stunden zur Arbeit und zurück fahre."

„Was erwartet er von dir? Zu Hause zu bleiben, Kinder zu bekommen und für ihn zu kochen?"

Elain schüttelte erneut den Kopf. „Nein. Er hat gesagt,

dass er gerne eines Tages Kinder haben würde, aber wann oder ob, liegt ganz bei mir."

Carla stellte einen großen Teller mit Mac and Cheese und Schinkenstückchen vor Elain. „Also, zwei Stunden am Tag in einem Auto zu sitzen, kommt mir schon sehr viel vor. Wäre er nicht bereit, bei dir einzuziehen?"

„Er betreibt eine gut funktionierende Rinderfarm, also kann er nicht weg."

Sie nickte. „Also erwartet er von dir, dass du dort einziehst und sozusagen den Haushalt führst und auf dem Hof arbeitest?"

„Nein, das hat er nicht gesagt."

„Was hat er dann gesagt?"

Das konnte sie ihr nicht genau sagen. „Er hat nur gesagt, dass ihm die Idee nicht gefällt, dass ich zwei Stunden am Tag fahren muss."

„Er hat dir nicht verboten, zu arbeiten?"

Elain schaufelte sich eine weitere Gabel Pasta in den Mund und schüttelte den Kopf. Genau genommen hatte er das nicht.

„Ich vermute, Arcadia hat keinen Fernsehsender, für den man arbeiten könnte?"

Elain schnaubte. „Nicht wirklich."

Als Elain ihren zweiten Teller mit Mac and Cheese geleert hatte, war es fast zehn Uhr abends, und sie fühlte sich völlig erschöpft. Zu Hause war es schon nach Mitternacht, und die Jungs waren sicher …

Verzweifelt.

Sie fühlte sich schuldig, weil sie sie nicht anrufen konnte, um ihnen zu sagen, dass es ihr gut ging. Zumindest was Cail und Brodey anging.

* * *

BRODEYS FLUGZEUG LANDETE NACH MITTERNACHT ORTSZEIT. Er mietete sich ein Auto am Flughafen und fuhr mithilfe einer App auf dem neuen Handy sofort zur Adresse.

In der Einfahrt des Hauses standen zwei Autos und im Haus brannte kein Licht. Er fuhr um den Block und parkte in einer Seitenstraße, dann ging er zurück zum Haus. Niemand in der Nähe, keine Straßenlaternen. Obwohl die Einfahrt breit genug für zwei Autos war, war das zweite Auto direkt hinter dem ersten geparkt. Er ging auf die Fahrerseite und schnupperte.

Als er ihren Duft wahrnahm, hätte er vor Erleichterung fast geweint und er musste sich zusammenreißen, nicht an die Haustür zu klopfen und nach Elain zu verlangen.

Definitiv nicht, wie man sich in so einer Situation verhalten sollte.

Er berührte das Auto und strich über den Griff der Fahrertür, den sie berührt haben musste. Dann hob er seine Hand an sein Gesicht und atmete tief ein. Sofort löste sich etwas von der Anspannung in ihm.

Elain war bei ihrer Mutter und sie war definitiv nicht in Gefahr. Er musste sie in Ruhe lassen. Zumindest heute Abend.

Also schloss er die Augen, um sie zu spüren, wobei er sich fragte, ob sie ihn ebenfalls spüren konnte. Glücklicherweise schlief sie schon, doch sogar im Schlaf konnte er ihre Angst und ihren Schmerz fühlen.

Ihre Qual.

Ihr gebrochenes Herz.

Dann weinte er. Sie hatten ihr wehgetan. Es war zwar Ains Schuld, nicht seine, aber er war genauso verantwortlich für ihr Wohlergehen wie seine Brüder. Der Code ihrer Vorfahren besagte, dass Gestaltwandler dafür sorgen mussten, dass ihre Gefährten glücklich und wohlbehütet waren.

Er zwang sich, zu seinem Auto zurückzugehen und zu

einem nahe gelegenen Hotel zu fahren, um erst am nächsten Morgen mit ihr zu reden und sich zu entschuldigen. Hoffentlich konnte er es wiedergutmachen.

* * *

AIN GING AUF UND AB UND MURMELTE WÜTEND VOR SICH HIN. Um neun Uhr abends stürmte er ins Arbeitszimmer.

„Schau mich an", knurrte er.

Cail drehte sich um. Er hatte das Handy bereits in seine Tasche gesteckt. *Dann mal los, Zeit für einen Prime-Erlass.*

„*Wo* sind sie?"

„Ich habe dir doch gesagt, dass ich nicht *weiß*, wo sie sind."

„Du weißt *etwas. Irgendetwas* verheimlichst du mir. *Was* verheimlichst du mir nicht? *Spuck es aus!*"

Cail öffnete sein E-Mail-Programm und dann ihre E-Mail. Dann stand er auf, damit Ain sich setzen konnte. „Herzlichen Glückwunsch, Arschloch. Wir haben unsere Eine gefunden und du hast es geschafft, sie zu vertreiben. Brodey hat ihren Ring auf dem Küchentisch gefunden, wo sie ihn liegen gelassen hat."

Ain saß mehrere Minuten lang da und las die E-Mail und Cail rechnete damit, dass das Gebrüll und Geschrei jeden Moment losgehen würde.

Worauf er nicht vorbereitet war, war Ains sanftes, trauriges Flüstern. „Oh, nein."

Cail schnaubte angewidert. „Oh, doch."

„Ist Brodey ..."

„Brodey ist ihr nachgegangen. Er ist zuerst zu ihrem Haus gegangen, und nein, er hat mir nicht gesagt, was er gefunden hat oder wohin sie gegangen sein könnte. Er wusste, dass du mich mit einem Erlass zum Reden zwingen würdest. Er hat nur gesagt, dass sie nicht da war, und es nicht so aussah, als würde sie so bald zurückkommen. Und dass er die Gegenstände mitgenommen hat, die er braucht, um sie zu finden."

Ains Blick war immer noch auf den Computerbildschirm gerichtet. „Sie ist weggelaufen?", fragte er leise.

„Großartig. Du hast es endlich begriffen." Er schlug ihm hart auf die Schulter. „Vielen Dank, Mr. Prime Arschloch. Das ist alles *deine* verdammte Schuld."

Cail stürmte aus dem Arbeitszimmer und ließ Ain allein zurück. Wenigstens konnte er jetzt verdammt noch mal duschen. Er zog sich aus, warf seine Kleider auf den Boden und stellte sich unter das heiße Wasser.

Als er zwanzig Minuten später fertig war, saß Ain immer noch mit der E-Mail vor sich im Arbeitszimmer. Cail ging zu ihm, um ihm noch einmal seine Meinung zu sagen, doch als er sich zu ihm umdrehte, blieben die Worte ihm im Hals stecken. Ain weinte.

„Ich verdiene sie nicht", sagte Ain leise. „Ich habe sie einfach nicht verdient."

So angepisst Cail auch war, er konnte seinen Bruder in diesem Zustand nicht weiter fertig machen.

„Du musst ihr die Freiheit geben, *selbst* zu entscheiden, ob sie arbeiten gehen möchte oder nicht. Du musst dich bei ihr entschuldigen, falls es Brodey gelingen sollte, sie zu finden und mit ihr zu reden. Du musst ihr sagen, dass sie weiterarbeiten kann, wenn sie das will. Diese Erlasse müssen ein Ende haben. Ich verstehe ja, dass wir uns an bestimmte Regeln halten müssen, was Gestaltwandler-Zeug angeht, aber nicht für solche Sachen, während sie immer noch versucht, sich an ihr neues Leben zu gewöhnen. Ich meine, das alles ist total verrückt für sie, und dann musst du auch noch diese Neandertaler-Scheiße abziehen, obwohl sie uns kaum kennt!"

Ain nickte traurig. „Du hast recht."

„Ich würde vorschlagen, dass du auch den Erlass aufhebst,

der sie zwingt, hier zu wohnen." Ain sah entsetzt zu ihm auf, doch Cail unterbrach ihn sofort. „Du hast ihre Nachricht gelesen. Sie vertraut dir nicht mehr. Ich sage nicht, dass es einfach für uns wird, aber du musst ihr beweisen, dass du es ernst meinst. Nur so kannst du ihr Vertrauen wieder gewinnen. Gib ihr die Freiheit, zu uns zurückkehren, wenn sie bereit dazu ist. Du hast selbst gesagt, dass du sie nicht zwingen willst, aber das ist im Grunde genau das, was du tust. Du weißt genauso gut wie ich, dass es nicht lange dauern wird, bis sie zurückkommt, wenn du sie verdammt noch mal in Ruhe lässt."

Nach einer gefühlten Ewigkeit sackten Ains Schultern hinunter. „Du hast recht." „Und bitte zwing mich nicht dazu, dich auf dem Laufenden zu halten. Sonst werde ich Brod nicht fragen, wo er ist, wenn er sie findet."

Ain stand auf und schüttelte den Kopf. „In Ordnung." Sein trauriger Tonfall milderte Cails Wut. „Keine Erlasse mehr. Damit bin ich durch. Ich verdiene sie nicht. Ich habe sie unglücklich gemacht und gegen den Code verstoßen." Er schluchzte. „Bitte sag ihr, dass ich alle Erlasse aufgehoben habe und es mir leidtut, dass ich ihr wehgetan habe. Sag ihr, dass ich sie liebe, dass ich sie immer lieben werde. Und sag Brodey auf Wiedersehen von mir." Dann ging er durch die Hintertür hinaus.

„Was?" Als Cail realisiert hatte, was Ain gerade gesagt hatte, eilte er seinem Bruder hinterher. Doch Ain hatte sich bereits verwandelt, seine Kleider auf der Veranda zurückgelassen und war in die Nacht verschwunden.

„Ain!" Cail schrie.

Nichts.

„Scheiße", murmelte er. „Was zum Teufel geht als Nächstes schief?"

KAPITEL FÜNF

Cain rannte.

Er versuchte, seinen Kopf freizubekommen und sich nur auf die Gerüche und Geräusche der Nacht um ihn herum zu konzentrieren, anstatt auf den tief brennenden Schmerz in seinem Herzen.

Seine Eine.

Ihre Eine.

Und er hatte sich wie ein Arschloch benommen und ihr wehgetan.

Nach Jahrhunderten allein, Jahrhunderten der Suche hatten sie sie gefunden, und in weniger als zwei Wochen hatte er es geschafft, sie zu verletzen. Die Person, um die er sich kümmern und der er sein Leben widmen sollte. Doch anstatt sie glücklich zu machen, hatte er es geschafft, alles zu vermasseln.

Brodey und Cail hatten ihn gewarnt. Sie hatten versucht, ihn zur Vernunft zu bringen, doch er war zu dumm und stur gewesen, um zuzuhören. Er hatte das Richtige machen wollen, um sie bei sich zu behalten, sie zu beschützen, und sie glücklich zu machen. Er hatte wirklich gedacht, sie würde das wollen, würde die Anziehungskraft so spüren wie sie, würde mit ihnen zusammen sein *wollen*.

Von Anfang an hatte er die ganze Situation schwieriger gemacht, als sie eigentlich war. Es war ihm wichtig gewesen, sie nicht zu zwingen, bei ihnen zu sein, das hatte er von Anfang an versprochen, aber hatte er nicht genau das getan?

Ohne ihn wären sie alle besser dran. Ohne ihn wäre *sie* besser dran.

Sie wäre *glücklich* ohne ihn. Brodey und Cail würden sich viel besser um sie kümmern, als er es je können würde. Sie verstanden sie offensichtlich besser als er.

Das Problem war, dass es nur einen Weg gab, die Bindung zu brechen. Doch vielleicht war das das Beste. Jemand wie er, jemand, der getan hatte, was er getan hatte ...

Vielleicht wären sie alle besser dran, ohne ihn.

Vielleicht war es Karma, oder die Rache der Götter, für die Sünden, die er begangen hatte. Er unterdrückte ein Schluchzen, das wie ein Heulen klang.

Dann rannte er weiter.

* * *

Cail ging auf und ab. Es war bereits Mitternacht, und Ain war immer noch nicht zurückgekehrt. Tief im Innern hatte Cail die Vermutung, dass Ain nicht zurückkommen würde. Er verwandelte sich und versuchte, ihn aufzuspüren, aber da es geregnet hatte, verlor er Ains Spur schnell und musste zum Haus zurückkehren. Brodey war von ihnen drei der beste Spürhund.

„Scheiße!" Als er das Haus erreichte, sammelte er Ains Klamotten auf, brachte sie hinein und warf sie auf den Couchtisch. Dann zog er sich eine kurze Hose an und holte Brodeys Handy, als plötzlich Ains Hose klingelte.

Oh Gott, kann dieser Abend noch beschissener werden?

Er fischte Ains Handy aus der Tasche und sah auf den Bildschirm. Es war Xavier, ihr Manager für die Ranch.

„Was?"

„Aindreas? Ich habe versucht, dich anzurufen."

„Hier ist Cail. Was ist los?"

„Hast du den Wetterbericht gesehen?"

„Nein, warum?"

„Sie haben diesen Hurrikan, der kommen soll, hochgestuft. Das National Hurricane Center hat vorausgesagt, dass er durch Venice und dann direkt durch Arcadia kommen wird." „Ach, verflucht!" Das hatte ihm noch gefehlt.

Der letzte Hurrikan hatte einen riesigen Schaden angerichtet und sie hatten die letzte Scheune, die damals zerstört worden war, erst vor zwei Jahren wieder aufgebaut.

„Tut mir leid, aber ich muss wissen, wie wir vorgehen wollen. Wir haben drei Tage, bis er kommt und es heißt, dass es ein Sturm der Kategorie 3 wird." Cail stöhnte. Die guten Nachrichten schienen ihn regelrecht zu überhäufen. „Okay, ruf alle Jungs an, ich bin in ein paar Minuten da, ich hol' mir nur schnell einen Kaffee. Sag allen, dass sie doppelt bezahlt werden. Sie sollen alle kommen, nachdem sie ihre eigenen Häuser gesichert haben. Wir müssen den gesamten Viehbestand auf Weide Zwei treiben und die Kälber und alle trächtigen Kühe in den verstärkten Stall bringen."

„Das dachte ich mir, dann bis gleich."

„Danke." Cail legte auf und holte tief Luft, während er in die Küche ging um eine Kanne Kaffee aufzusetzten. Er würde heute Nacht also keinen Schlaf mehr bekommen. Aber wenigstens konnte er Brodey jetzt dazu bringen, zurückzukommen, hoffentlich mit Elain.

Andererseits sollte sie vielleicht nicht kommen, wenn ein Sturm im Anmarsch war, und bessert dort bleiben, wo immer sie war, was hoffentlich ein sicherer Ort war. Er stellte den Kaffee an und versuchte dann, sein Handy anzurufen.

Voicemail.

„Hey, Brod, ruf mich sofort an. Riesen Scheiße hier und damit meine ich nicht Ain. Er hat die Erlasse aufgehoben, hat sich dann aber verwandelt und ist verschwunden. Und jetzt haben wir einen Hurrikan der Kategorie 3 auf dem Weg hierher. Du musst sofort nach Hause kommen, damit wir hier alles auf den Sturm vorbereiten können." Dann legte er auf und schickte eine SMS hinterher.

DIE LUFT IST REIN, KEINE ERLASSE, RUF MICH SOFORT AN! NOTFALL!

ABGESCHICKT.

Er schaltete Brodeys Handy auf Laut, damit er es hören konnte, und steckte es zusammen mit Ains in die Tasche.

Nachdem er eine große Thermoskanne mit Kaffee gefüllt hatte, schnappte sich Cail seine Schlüssel und ging zur Hintertür hinaus.

* * *

ELAIN VERBRACHTE EINE UNRUHIGE NACHT IM GÄSTEZIMMER IHRER MUTTER. Zuerst träumte sie von Brodey, der unten in der Einfahrt stand und nach ihr rief. Ein Traum, der so realistisch war, dass er sie aufweckte. Sie stand sogar auf und ging zum Fenster.

Aber natürlich stand dort niemand.

Sie versuchte wieder einzuschlafen, was ihr aber nicht gelang. Wie konnte es sich nach nur wenigen Tagen so verdammt richtig anfühlen, mit allen drei zu kuscheln und zu schlafen, und so falsch, allein zu sein?

Als wäre ihr ein Teil ihrer Seele entrissen worden.

Am nächsten Morgen machte Carla ihr Rührei mit Speck und Toast. Sie drängte Elain nicht zum Reden sondern ließ einen Nachrichtensender im Hintergrund laufen, um die Stille auszufüllen.

Elain brach schließlich ihr Schweigen. „Was soll ich tun?"

„Das kann ich dir nicht sagen, Schatz."

„Ich will ihn nicht verlieren. Er ist ein guter Mann. Wir sind uns in dieser Angelegenheit einfach nicht einig."

Das war die Wahrheit. Trotz ihrer Wut wusste sie, dass Ain ein gutes Herz hatte. Sie konnte seine Liebe zu ihr spüren. Er hatte sich nicht mit Absicht wie ein Arschloch benommen, sondern nur versucht, ein guter Prime zu sein. Durch den Abstand und die Zeit, die ihre Wut etwas gemildert hatten, konnte sie das nun sehen. „Vielleicht habe ich überreagiert und hätte bleiben sollen, anstatt wegzulaufen, ohne mit ihm darüber zu reden."

Ihre Mutter schnappte gespielt nach Luft. „Du? Überreagiert? Du doch nicht! *Niiiiemals.*"

„Okay, ich habe es verstanden."

Ihre Mutter lächelte sie über den Rand ihrer Kaffeetasse hinweg an, während sie daran nippte.

„Ich gebe es ja zu", sagte Elain. „Ich kann schnell mal überreagieren."

„Vielleicht könnt ihr beide das klären. Du könntest ihn anrufen. Wahrscheinlich macht er sich Sorgen um dich."

Er dreht wahrscheinlich komplett durch.

„Vielleicht später." Elain hatte ihr Handy immer noch nicht eingeschaltet, da sie Angst vor dem hatte, was sie darauf finden könnte.

Keine verpassten Anrufe zum Beispiel. Was, wenn die

Jungs sie gehen lassen würden, ohne sie zu überreden, nach Hause zu kommen?

Was wäre, wenn es ihnen wirklich scheißegal war und sie sich das alles nur eingebildet hatte?

Es war kurz vor acht, als sie gerade zur Treppe ging, um oben zu duschen, als es an der Tür klingelte.

„Wer ist das?", fragte ihre Mutter.

Aber Elain wusste es. Sie spürte es im ganzen Körper. *Brodey.*

Sie rannte durch das Wohnzimmer, erreichte noch vor ihrer Mutter die Haustür und riss sie auf, ohne vorher nachzusehen, wer es war.

Da stand er, mit seinen traurigen grünen Augen und sah sie voller Schmerz an.

Bevor er etwas sagen konnte, stürzte sie sich schluchzend auf ihn. Er schlang seine Arme um sie und flüsterte ihr etwas zu, versuchte sie zu beruhigen und sich gleichzeitig zu entschuldigen.

„Denk daran, mich Ain zu nennen, Baby", erinnerte er sie in Gedanken. Sie hätte fast laut gefragt. *„Warum?"*

„Weil es schwer zu erklären sein wird, warum du mit dem Bruder deines Verlobten in einem Bett schläfst."

„Stimmt." Dann trat sie zurück und sah ihn an. „Wie hast du mich gefunden?", fragte sie laut.

„Lange Geschichte. Bitte erlaube mir, mich zu entschuldigen und um Vergebung zu betteln und dir alles zu geben, was du willst, um dich zurückzubekommen. Bitte?" „Lass ihn noch etwas Winseln und Betteln", flüsterte Carla hinter ihr.

Elain lachte und schniefte, trat dann zurück und ergriff Brodeys Hand. „Mom, das ist ... Ain. Aindreas Lyall." Verdammt, es fühlte sich komisch an, ihn so zu nennen.

Brodey nickte und streckte seine rechte Hand aus. „Es tut mir leid, dass wir uns unter diesen Umständen kennenlernen."

Carla runzelte die Stirn und zögerte, bevor sie schließlich seine Hand schüttelte. „Meine Tochter taucht unerwartet in meinem Haus auf, nachdem sie quer durchs Land geflogen ist, und weint sich die Augen wegen eines Mannes aus, der behauptet, sie zu lieben, aber will, dass sie einen Job kündigt, den sie liebt. Erwarte nicht, dass ich jetzt zu viel von dir halte, mein Sohn."

Er nickte. „Das verstehe ich. Ich habe mich wie ein Idiot verhalten. Es war ein Fehler. Ich schwöre, ich werde nie wieder so sein. Ich liebe sie und ich werde alles tun, was ich tun muss, um sie zurückzugewinnen." Er starrte ihr in die Augen. „Ich kann es mir leisten, mich um sie zu kümmern, und mir war nicht wirklich klar, wie viel ihr ihre Karriere bedeutet. Das ist komplett meine Schuld."

Carla sah in mit zusammengekniffenen Augen an. „Kennen wir uns? Dein Name kommt mir bekannt vor."

Er schüttelte den Kopf. „Nein, soweit ich weiß, nicht." Carla seufzte. „Ich nehme an, ihr zwei solltet nach oben gehen, um zu reden oder euch zu küssen und zu versöhnen oder um rumzumachen oder was auch immer ihr vorhabt. Ich muss ohnehin etwas im Garten arbeiten. Viel Glück." Sie drehte sich um und ging nach hinten hinaus.

Elain wollte Brodey sofort nach oben schleppen, aber er hielt sie zurück. „Nein, Baby, bitte. Lass uns reden." Er führte sie zur Couch und schlang seine Arme um sie. „Es tut mir leid. Ich kann es nicht oft genug sagen."

„Du hast nichts falsch gemacht, Brodey. Es ist alles *seine* Schuld." In Brodeys Armen war der Schmerz, den sie wegen der beiden anderen Männer fühlte, mit aller Macht zurückgekehrt. Und das bisschen Gelassenheit, dass sie wiedererlangt hatte, war verflogen.

„Ich bin genauso für dein Glück verantwortlich wie er. Ich hätte mehr kämpfen sollen. Cail und ich hätten beide mehr kämpfen sollen. Das besagt sogar der Code unserer

Vorfahren." „Also, wie lange wird es dauern, bis er auftaucht? Oder", fügte sie bitter hinzu, „sollst du mich an den Haaren nach Hause schleifen?"

Er küsste sie, lang und innig, und ihr wurde klar, dass sie sich kampflos an den Haaren nach Hause schleifen lassen würde, wenn er das wollte. Doch dann erzählte er ihr von dem Gespräch mit Ain und sie lächelte.

„Ich schätze, das macht uns zu Aussätzigen, oder?"

Er lachte. „Baby, es ist mir scheißegal, was es aus uns macht, solange du wieder sicher in meinen Armen bist."

* * *

Brodey folgte Elain nach oben, um zu duschen, und sie zog ihn hektisch mit sich ins Badezimmer. Er zog sich schnell aus und ging zu ihr in die Dusche, wo er sie küsste.

„Ich liebe dich, Baby. Gott, ich bin so froh, dass ich dich gefunden habe!"

Elain musste zugeben, dass sie auch ziemlich froh war, dass er sie gefunden hatte. Er ließ seine Hände über ihren Körper gleiten, während sie unter dem Wasser standen. Sein Schwanz stellte sich schnell zur vollen Größe auf, seine Finger glitten zwischen ihre Beine und sie stöhnte in seinen Mund, während er sie küsste.

Sie wusste, egal, wie sauer sie auf Ain war, dass sie höchstwahrscheinlich wieder mit ihren drei Männern auf der Rinderfarm in Arcadia landen würde. Wahrscheinlich würde sie seinem überheblichen Prime-Arsch für eine Weile – eine sehr lange Weile – die kalte Schulter zeigen, aber es tat zu sehr weh, nicht bei ihnen zu sein. Bei allen drein.

Ain inklusive.

Und in ein oder zwei Wochen würde sie aufhören, ihn zu bestrafen, und ihn dazu bringen, mit ihr darüber zu reden. Mit Brodey und Cail, die sie unterstützen würden. Brodey schob einen Finger in sie hinein und sie stöhnte laut, wiegte ihre Hüften gegen seine Hand und versuchte, sich im Takt mit ihrer Klitoris an ihm zu reiben. Sie konnte nicht abstreiten, dass der Sex unbeschreiblich gut war.

Er wiegte sie mit seinem anderen Arm und presste seine Lippen auf ihren Kopf. „Komm für mich, Baby. Gib es mir."

Sie hielt sich an seinen Schultern fest und schloss ihre Augen, während er sie weiter rieb und immer näher zum Höhepunkt brachte. Als sie kam, biss sie in seine Schulter, um ihre Schreie zu dämpfen, was ihm ein leises, gieriges Zischen entlockte. Dann drückte er sie gegen die Wand und glitt in sie hinein, wobei er seine Lippen auf ihren Mund legte und bis zum Anschlag in sie eindrang.

„Oh Baby!", seufzte er voller Lust.

Sie konnte auch nicht abstreiten, dass mentale Kommunikation verdammt cool war. Er schloss die Augen und stieß langsam zu, genoss jede Sekunde. „Ich habe dich so sehr vermisst, Baby. Ich habe mir solche Sorgen gemacht."

Sie schlang ihre Beine um ihn und er legte seine Hände unter ihren Hintern, hob sie hoch und spießte sie vollständig auf seinem steifen Schwanz auf. „Es tut mir leid, dass du dir meinetwegen solche Sorgen machen musstest."

Er unterbrach ihren Kuss, um ihren Hals zu liebkosen. „Ich liebe dich, Schatz", flüsterte er gegen ihre Haut. „Bitte komm mit mir nach Hause. Ich werde dich nicht dazu zwingen. Aber denk bitte darüber nach?" Sie nickte. „Ja."

Er küsste sie erneut und stieß hart zu, dann explodierte er mit einem leisen Knurren in ihr.

Während sie sich beide erholten, hielt er sie unter dem Wasser in seinen Armen, streichelte sie und wollte sie nur ungern loslassen. Als sie fertig waren, trocknete er sie ab und küsste ihre Haut.

„Egal, was ich tun muss, Baby", versprach er leise, „ich werde mich gegen ihn stellen. Er liebt dich. Aber er ... er versteht es einfach nicht. Er lässt zu, dass die Regeln, an die er sich halten will, dem gesunden Menschenverstand im Wege steht."

„Ich weiß."

Er küsste sie wieder, dann zogen sie sich an. „Oh, kann ich den hier bitte wieder dorthin stecken, wo er hingehört?" Er hielt den Ring hoch.

Als sie nickte, nahm er ihre Hand und steckte ihr den Ring auf den Finger. „Ich liebe dich", sagte er. „Ich werde alles tun, um dich glücklich zu machen." Sie reichte ihm ihr Handy. „Würdest du bitte mein Handy für mich anmachen?"

Er lächelte und schaltete es an. Sofort bekam sie eine Flut von Textnachrichten und Voicemails. Er sah auf das Anrufprotokoll und runzelte die Stirn.

„Was? Sind es so viele?"

Er schüttelte den Kopf. „Das sind verpasste Anrufe vom Nachrichtensender. Von deinem Chef." Sie runzelte die Stirn und nahm das Handy. Während sie sich die vier Nachrichten von Danny anhörte, stöhnte sie.

„Was?"

Sie drückte auf Replay und gab ihm das Handy.

„Hey, Elain, hier ist Danny. Ich tue dir das nur ungern an, aber alle Urlaubstage sind gestrichen, du kannst sie stattdessen nächste Woche nehmen. NHC hat gerade den Sturm Natalia hochgestuft. Showtime. Ruf mich an."

Brodey holte Cails Handy heraus, schaltete es ebenfalls ein und las die Nachricht von Cail.

Dann rief er ihn an und wartete angespannt, bis Cail endlich abnahm.

„Hey, ich bin bei ihr ..."

„Gut, jetzt halt die Klappe", sagte Cail. „Alter, du musst nach Hause kommen. Sofort." „Ja, ich habe von dem Sturm gehört."

„Nein, Alter, nicht nur der Sturm." Cail zögerte. „Ain ist verschwunden."

* * *

CAIL STARRTE AUF AINS KLEIDERHAUFEN, der immer noch auf dem Couchtisch lag. Er hatte keine Zeit gehabt, die Sachen aufzuräumen.

„Verschwunden?", fragte Brodey. „Was meinst du damit, er ist verschwunden?"

„Er ist gestern Abend abgereist. Er hat mich dazu gezwungen, zuzugeben, dass du gegangen bist. Also hab' ich ihm die E-Mail gezeigt. Er …" Cail atmete tief durch. „Ich glaube nicht, dass er vorhat, zurückzukommen. Er hat gesagt, dass ich dir sagen soll, dass er sie liebt, und dass er alle Erlasse aufgehoben hat. Er hat sich verwandelt, Brod. Er ist gegangen, und ich kann ihn nicht finden."

„Scheiße."

„Und ich brauch' dich hier wegen dieses Sturmes. Du musst den nächsten Flug nach Hause nehmen. Wir haben zweitausend Rinder, die bis zum verdammten Mond fliegen werden, wenn ich sie nicht zusammentreibe und in Sicherheit bringe. Ich brauche dich hier. Ich kann sie nicht allein eintreiben, nicht ohne dich."

„In Ordnung. Wir fahren sofort zum Flughafen."

„Kann ich mit ihr sprechen?"

„Warte."

Es klang, als würde er das Handy übergeben.

Dann Elains Stimme, die zaghaft fragte. „Cail?"

Er schloss erleichtert die Augen. „Baby. Es tut gut, deine Stimme zu hören."

„Was ist los? Wo ist Ain?"

„Ich weiß es nicht, Schatz. Kommt erst mal zurück und dann können wir darüber reden."

„Nein, wir reden jetzt darüber!“

Cail wusste, dass er standhaft bleiben musste. „Schatz, ich *weiß* nicht, wo er ist. Er hat die Erlasse aufgehoben, über den Rest können wir später reden. Erst mal muss ich zweitausend Rinder eintreiben, und dafür brauche ich Brodeys Hilfe. Ich muss da wieder raus. Bitte seid vorsichtig, wenn ihr nach Hause kommen. Okay? Ich liebe dich.“

Sosehr er auch wollte, dass sie in Sicherheit war und nicht in der Nähe des Sturmes, so sehr wollte er auch, dass sie nach Hause kam.

„Ich liebe dich auch.“

„Sag Brodey, er soll mir die Fluginfos per SMS schicken, und wir sehen uns, wenn ihr ankommt.“

„Okay.“

Dann legte er auf. Ausgerechnet jetzt hatte Ain entschieden, kein idiotischer Prime mehr zu sein. Einen schlechteren Zeitpunkt konnte es wohl nicht geben.

Es würde ein verdammt langer Tag werden.

Cail versuchte, nicht länger über Ain nachzudenken, um sich auf die Vorbereitungen konzentrieren zu können. Nicht nur das Vieh musste in Sicherheit gebracht werden, sondern auch das Haus musste mit Brettern vernagelt werden, Geräte mussten in die Scheunen gebracht werden …

Wenn er anfing, über alles nachzudenken, was getan werden musste, würde er den Verstand verlieren.

Oberste Priorität – Rinder.

Er füllte seine Thermoskanne mit Kaffee auf und ging nach draußen.

* * *

BRODEY HIELT SIE IN DEN ARMEN, während sie weinte. „Ist schon okay, Baby.“

„Nein, ist es nicht. Ich wollte nicht, dass er geht! Ich

wollte nur, dass er sich nicht mehr wie ein Arschloch benimmt." Sie hatte es gerade geschafft, sich mental etwas zu erholen, aber die Nachricht, dass Ain verschwunden war, hatte erneute Weinkrämpfe ausgelöst.

Was zur Hölle ist nur los mit mir?

„Ich weiß." Er klopfte ihr sanft auf den Rücken und brachte sie dazu, sich aufzusetzen. „Wir müssen gehen."

Sie packte schnell ihre Sachen und folgte ihm nach unten. Dann ließ sie ihn im Wohnzimmer zurück, um nach draußen zu ihrer Mutter zu gehen. Während er wartete, sah er sich Fotos von einer jüngeren Elain mit Carla an, die im Zimmer verstreut aufgestellt waren.

Ein Foto von ihrer Abschlussfeier, eines von Elain als Teenager mit einem schwarzen Gürtel in Karate, Judo oder einer dieser Kampfsportarten. Dann eins mit einer Medaille in Leichtathletik und viele von ihr im Kleinkindalter.

Er konnte keine Fotos von einem Mann oder anderen Verwandten sehen, nur Elain und ihre Mutter.

Seltsam. Doch er hatte im Moment keine Zeit, darüber nachzudenken.

Einen Moment später kamen die beiden Frauen zurück. Carla verhielt sich immer noch distanziert und er konnte eine abweisende Mauer um sie herum spüren.

„Bist du sicher, dass du mit ihm zurück nach Florida willst?" erkundigt sich Carla.

„Es tut mir leid, Mom. Ich hatte nicht vor, nur so kurz zu bleiben, aber es ist mein Job. Ein so schlimmer Hurrikan ist eine große Nummer im Fernsehen."

Carla funkelte Brodey an und drohte ihm mit dem Finger. „Wenn ich komme, solltest du besser gut auf mein kleines Mädchen aufpassen!" Er lächelte. „Ja, das werde ich auf jeden Fall, versprochen. Es tut mir leid, dass ich mich wie ein Idiot benommen habe."

Dann lud er Elains Sachen für sie in ihr Auto. „Ich folge dir zum Flughafen."

Zwei Stunden später stiegen sie in einen Flieger zurück nach Tampa. Im Flugzeug schob er seine Finger zwischen ihre, entspannt sich für den Moment und versucht, sich keine Sorgen um Ain zu machen.

Es war Ains Schuld. Wenn er ein Arschloch sein und Houdini spielen wollte, war das sein Problem, nicht ihres.

Er strich mit seinen Lippen über ihre Knöchel. „Geht es dir gut, Schatz?" „Ja. Aber ich mache mir Sorgen um Ain."

„Er ist ein großer Junge. Er wird zurückkommen, nachdem er etwas Dampf abgelassen hat."

„Er hat mich angelogen. Ich kann nicht fassen, dass er mich angelogen hat."

„Er hat dich nicht … angelogen. Nicht wirklich. Er *kann* dich nicht anlügen."

Sie funkelte ihn an.

„Ernsthaft. Ja, ich weiß, er hat sich wie ein Arschloch benommen und versucht, dich zu manipulieren. Aber wir können dich nicht anlügen."

„Was meinst du damit?"

Er zuckte mit den Schultern. „Wir können uns nicht gegenseitig anlügen, und jetzt, da du unsere Gefährtin bist, können wir dich auch nicht anlügen. Das ist Teil des Codes, an den wir gebunden sind." „Wann erfahre ich mehr über diesen blöden Code?" „Sobald sich das Leben etwas beruhigt hat, können wir anfangen, dir alles zu erklären, Süße. Du kannst uns übrigens auch nicht anlügen. Das ist eines dieser Regeln." „Ich würde euch auch nicht anlügen. Ich stehe nicht auf diese Scheiße, die Mr. Prime anscheinend toll findet."

Er musste sie ablenken, weil sie wieder sauer wurde. „Erzähl mir von deiner Mutter und deinem Vater."

„Mom." Er sah sie fragend an und sie fuhr fort. „Ich bin adoptiert. Meine leibliche Mutter starb, als ich etwa ein Jahr alt war. Sie war Moms beste Freundin. Als sie erfuhr, dass sie im Sterben lag, übergab sie Mom – Carla – das Sorgerecht für mich."

„Keine Großeltern?"

Elain schüttelte den Kopf. „Nur Moms. Die Eltern meiner leiblichen Mutter wurden getötet, als sie sechzehn oder so war. Ich weiß nichts über sie. Sie hat mit meiner Mom nicht viel über ihre Familie gesprochen." „Was ist mit deinem Vater?"

Elain zuckte mit den Schultern. „Den kenne ich nicht. Anscheinend kannte meine Mutter nur seinen Namen und wusste nicht, wie sie ihn finden sollte. Er wusste, dass meine leibliche Mutter schwanger war, ist aber verschwunden, nachdem sie herausgefunden hatte, dass ich ein Mädchen war."

„Und Carla hat deinen Nachnamen nicht geändert, als sie dich adoptiert hat?"

„Meine leibliche Mutter hat mir den Nachnamen meines Vaters gegeben, falls er jemals vorbeikommen und nach mir suchen sollte." Sie lachte verbittert. „Die Chancen dafür sind nicht sehr hoch, glaube ich. Mom hat mir erzählt, dass sie den Typen nur einmal getroffen hat und er ein echter Charmeur war. Irgendein Ire namens Liam." Sie lächelte Brodey an. „Vielleicht habe ich deshalb eine Schwäche für Typen mit Akzent."

Er wackelte mit den Augenbrauen und flüsterte mit schottischem Akzent: „Frrrreiheit!"

Es hatte die gewünschte Wirkung und sie lachte laut auf.

„Du bist in Spokane aufgewachsen, oder?", fragte er.

„Nein. Ich bin in Tampa geboren und aufgewachsen. Mom ist vor ein paar Jahren nach Spokane gezogen, nachdem sie in Rente gegangen ist, weil ihre Familie von dort stammt. Ich hatte damals schon meinen Job und wollte deshalb nicht umziehen." Sie sah traurig aus. „Ich vermisse sie oft, weil sie so weit weg ist."

Er küsste ihre Schläfe. „Wir könnten in ihre Nähe ziehen." „Wovon redest du?"

Brodey zuckte mit den Achseln. „Die Farm verkaufen und umziehen. Wir können woanders etwas aufbauen. Vertrau mir, Baby, es ist mehr als genug Geld da, um so etwas zu tun."

„Was sollte ich noch von euch wissen?"

„Wir haben dir gesagt, dass wir Geld haben. Wenn man so lange lebt wie wir, muss man schon ein echter Idiot sein, um in all den Jahren nicht etwas Geld anzuhäufen." „Und ihr seid keine Idioten."

Er zuckte wieder mit den Schultern und grinste dann. „Zumindest nicht, was Geld angeht."

Sie legte ihren Kopf an seine Schulter und sie genossen es ein wenig, einander wiederzuhaben. „Weißt du, was wirklich dumm ist?", fragte sie nach einer Stunde des Schweigens. Er küsste sie auf den Kopf und hätte ewig so bei ihr sitzen können. „Was Schatz?"

„Ich hab' überhaupt keine Lust, zurück zur Arbeit zu gehen. Auf mich wartet eine riesige Story, etwas, für das ich normalerweise brenne, aber alles, was ich tun möchte, ist, mit dir nach Hause zu gehen."

Er küsste sie wieder. „Sie brauchen dich. Wir werden immer noch da sein, wenn der Sturm vorbei ist."

„Macht es dir nichts aus?"

„Darum geht es nicht, es nicht meine Entscheidung. Ich bin nicht bereit, dich unglücklich zu machen. Mir wäre es lieber, wenn du sicher bei uns zu Hause wärst und nicht im Sturm herumstehen würdest. Ich werde mir die ganze Zeit, in der du weg bist, Sorgen machen, und Cail auch. Aber ich weiß auch, dass wir dich nicht davon abhalten dürfen, wenn es das ist, was dich glücklich macht."

Sie sah ihm in die Augen. „Ich liebe dich. Aber ich liebe

meinen Job auch. Ich habe wirklich hart gearbeitet, um dahin zu kommen, wo ich bin."

„Ich weiß. Aber wenn du weiterhin für den Nachrichtensehsender arbeitest, müssen wir unsere Beziehung auf Sparflamme halten."

„Was meinst du damit?"

„Wir dürfen nicht mit dir in der Öffentlichkeit gesehen werden oder es bekannt machen." „Auch, wenn ich nicht auf Sendung bin?"

Er schüttelte traurig den Kopf.

„Warum nicht?"

Er hob eine Augenbraue und sprach mit leider Stimme weiter. „Schatz, drei Gestaltwandler, die nicht altern? Du wirst auch nicht altern. Wir dürfen nicht zusammen gesehen werden, solange du beim Fernsehen arbeitest. Das Risiko ist zu hoch, die Leute würden Fragen stellen. Wir müssen die Hochzeit verschieben …"

„Nein!"

Er nickte und flüsterte dann traurig: „Doch". „Du weißt, dass ich recht habe. Das bedeutet nicht, dass wir nicht manchmal privat zusammen sein können. Seien wir ehrlich, das ist eine verdammt lange Fahrt für dich. Ich will nicht, dass du ständig nur im Auto sitzt. Es macht keinen Sinn für dich, in Arcadia zu leben, und er hat den Erlass aufgehoben, dass du auf der Ranch leben musst."

„Kannst … könnt ihr nicht bei mir wohnen?"

Er zuckte mit den Schultern. „Sicher, manchmal. Aber nicht permanent und nicht alle zusammen. Normalerweise muss mindestens einer von uns zu Hause sein, um nach dem Rechten zu sehen. Es kommt selten vor, dass wir alle drei gleichzeitig für mehr als einen Tag weggehen. Aber wir können uns an den Wochenenden abwechseln oder so."

Er wusste, dass es gemein war, so unverblümt zu sein,

aber es war besser, ehrlich zu sein, als ihr falsche Hoffnungen zu machen oder sie zu manipulieren, wie Ain es getan hatte.

Sie sah ihn fassungslos an und er küsste erneut ihre Hand. „Baby, Cail und ich werden dich niemals zwingen, dich zwischen deinem Job und uns zu entscheiden. Wir werden auf dich warten, bis du bereit bist, den nächsten Schritt zu gehen. Ich weiß, dass Cail mich dabei unterstützen wird."

„Und was ist mit Ain?"

Er zuckte mit den Schultern. „Ich bezweifle, dass er uns dieses Mal überstimmen wird. Aber ich kann nicht für ihn sprechen." Sie schwieg wieder für einen langen Moment. „Ich muss bald mit ihm darüber reden, oder?"

„Ja, ich glaube so bald wie möglich."

KAPITEL SECHS

Als sie in Tampa ankamen, weigerte sich Brodey, Elain ihre eigene Tasche tragen zu lassen. Er half ihr zu ihrem Auto und sie fuhr ihn zu seinem Truck. Bevor sie sich trennten, umarmte er sie fest und küsste sie erneut.

„Pass auf dich auf, Baby", sagte er. „Ruf uns an und halte uns auf dem Laufenden, wie es dir während des Sturms geht. Konzentriere dich auf deine Arbeit, und darauf, nicht verletzt zu werden, okay?" „Das werde ich."

Er vergrub sein Gesicht in ihrem Haar und atmete tief ein. „Ich werde dir den Arsch versohlen, wenn ich ein Video sehe, in dem du mitten in Wind und Regen stehst", knurrte er. „Verstanden?"

Sie lachte. „Das werde ich nicht tun, versprochen. Pass du auch auf dich auf." „Ja, und wenn wir nicht ans Telefon gehen sollten, mach dir keine Sorgen. Hinterlass' uns einfach Sprachnachrichten. Wir können die Rinder am besten eintreiben, wenn wir verwandelt sind, also haben wir vielleicht keine Hosen an."

„Ich muss wirklich verliebt sein, weil ich solche Sätze jetzt schon normal finde."

* * *

AIN WAR DEN GANZEN TAG GELAUFEN. Er hatte nicht darauf geachtet, wohin, und wusste nur vage, dass er nach Süden gerannt war. Er wollte es nicht wissen, wollte nichts denken oder fühlen, wollte den Schmerz nicht mehr spüren.

Er rollte sich unter einem leeren Wohnwagen zusammen und schlief irgendwann am Nachmittag ein, als ein Sturm aufzog. Er träumte von Elain.

Dann träumte er von dem *einen* Tag, es war ein Albtraum, dem er nicht entfliehen konnte. Er konnte sogar das Schwert in seiner Hand spüren, als er …

Als er aus dem Schlaf schreckte, war es schon fast dunkel, und er war hungrig und durstig und seine Muskeln taten ihm vom rennen weh.

Er wartete damit, aus seinem Versteck zu kriechen, bis es dunkel wurde. Die nahe gelegene Straße schien ihm gut geeignet für sein Vorhaben. Keine Ampeln, keine Stoppschilder, die Art von Straße, auf der die Leute normalerweise viel schneller fuhren, als erlaubt.

Es würde schnell sein.

Er saß im Graben und wartete, sein schwarzes Fell war in der Dunkelheit kaum zu erkennen.

* * *

Sie fuhren auf der I-75 nach Süden, Brodey hinter Elain. Als sie die Ausfahrt nach Arcadia erreichten, spürte Elain einen Stich, als sie in den Rückspiegel schaute und Brodeys Truck abbiegen sah.

Sie umklammerte ihr Lenkrad und kämpfte gegen den Drang an, auf die Bremse zu treten und umzudrehen, um ihm zu folgen. Aber sie hatte bereits ihren Chef angerufen und ihm gesagt, dass sie unterwegs sei.

Die nächsten paar Tage würde es verdammt viel für sie zu tun geben. Der NHC schien sich seiner Vorhersage ziemlich sicher zu sein und hatte angekündigt, dass Hurrikan Natalia irgendwo zwischen Punta Gorda und Sarasota entlangkommen würde. Da es keine Wetterfronten gab, die den Sturm woanders hinlenken konnten, blieb ihnen jetzt nichts anderes übrig, als zu warten. Die Bewohner von Lee bis Manatee County waren aufgefordert worden, sich zu evakuieren oder in Sicherheit zu bringen.

Zu Hause angekommen, ließ Elain die Fensterläden an ihrem Haus herunter. Gott sei Dank hatte sie die, da sie die Vorbereitung für sie sehr schnell und einfach machten. Dann packte sie ihre Reisetasche neu und schnappte sich ein paar Sachen, die sie brachen würde. Wahrscheinlich würde es Tage dauern, bis sie wieder nach Hause gehen konnte, und sie würde vielleicht auf der Arbeit duschen, je nachdem, wie sich der Sturm bewegte.

Als sie in ihr Büro kam, stürzte sich ihr Chef Danny sofort auf sie. „Da bist du ja! Großartig. Konferenzraum, sofort." Sie nahm sich fest vor, sich auf die Besprechung zu konzentrieren, während Danny wetterfeste Kleidung und andere Gegenstände an alle verteilte. Bill, der Fotojournalist, mit dem sie normalerweise arbeitete, ließ sich auf den Stuhl neben ihr fallen. „Schön, dich wiederzusehen", sagte er. „Wo warst du?"

„Hab ne Auszeit gebraucht."

Sie spürte seinen neugierigen Blick auf sich. Er war an jenem Tag bei den Arcadia Highland Games bei ihr gewesen, als Brodey in ihren Wagen gesprungen war. *Oh Gott, das war erst vor knapp zwei Wochen!* Es schockierte sie, wie viel in dieser kurzen Zeit passiert war.

Sein Blick bohrte ihr regelrecht ein Loch in die Seite, also dreht sie sich schließlich zu ihm. „Was ist, Bill?" Sie hatten vier Jahre lang zusammengearbeitet, zuerst war sie ebenfalls hinter der Kamera gewesen und jetzt davor. Und davor waren sie zusammen aufs College gegangen.

„Du siehst anders aus", sagte er.

„Wie *anders*?"

Er schüttelte den Kopf. „Ich weiß nicht. Als hättest du dich verändert." *Kumpel, du hast ja keiiiine verdammte Ahnung.* „Mir geht's gut. Ich bin sehr müde, weil ich gerade aus Spokane zurückgekommen bin."

„Nein, das ist es nicht. Es ist … ich weiß nicht, wie ich es erklären soll." Er grinste. „Hast du einen Typen kennengelernt?"

Sie hoffte, dass sie nicht rot wurde und senkte ihre Stimme. „Mein Privatleben geht dich nichts an."

„Aha! Ich wusste es!" Er senkte seine Stimme ebenfalls und beugte sich vor. „Du wurdest flachgelegt, oder?" Früher hätte sie so ein Kommentar vielleicht nicht gestört, wenn es beim Abendessen oder zumindest nicht bei der Arbeit gewesen wäre, aber nach all dem, was in den letzten zwei Wochen passiert war, fühlte es sich völlig falsch an.

Am liebsten würde ich die Jungs bitten, ihn für mich zu verprügeln.

Sie schnappte innerlich nach Luft, schließlich war er ihr Freund!

„Lass es, Bill", knurrte sie und funkelte ihn an.

Er runzelte die Stirn, hielt aber den Mund.

Zum Glück eröffnete Danny in diesem Moment das Meeting und verteilte Aufgaben. Elain protestierte nicht, als sie herausfand, dass sie über DeSoto County berichten würde. Arcadia.

Ihr zu Hause.

„Versuch', einen örtlichen Viehzüchter zu finden", sagte Danny. „Dann kannst du eine Story über die Vorbereitungen für ihre Ranch bringen, vielleicht kannst du dabei auch darauf eingehen, was während des Hurrikans Charley passiert ist, wenn es neue Methoden zum Schutz ihrer Rinder gibt."

Sie wurde rot und ihr Herz raste vor Aufregung. „Okay. Ich werde die Lyall-Brüder anrufen." Ihr Herz pochte. Sie würde ihre Jungs sehen! Bill kicherte. „Ist das nicht der Typ, dem der Hund gehört hat?" Sie hoffte, nicht zu sehr zu erröten. „Doch."

„Ihr könnt zu zweit mit einem großen Bus gehen, und nehmt Carl, den Ingenieur mit", sagte Danny. „Im Landesinneren sollte es nicht so schlimm sein wie hier. Ich will wenigstens einen der großen Busse von der Küste entfernt in Sicherheit haben." Sie nickte. „Okay."

„Cool! Ich darf mit dem großen Spielzeug spielen", sagte Bill mit einem Grinsen.

Es war bereits dunkel, als Bill, Carl und Elain den Wagen fertig gepackt und bei einem kleinen Supermarkt haltbare Lebensmittel besorgt hatten.

Elain konnte ihre Nervosität nur schwer verstecken. Sie hatten bereits Hotelzimmer in Arcadia gebucht, obwohl sie hoffte, dass sie bei ihren Jungs landen würden.

Sie hoffte, dass Ain zurückgekehrt war, aber da Carl und Bill ständig bei ihr waren, konnte sie nicht anrufen, um nachzufragen.

* * *

AIN SAH DIE SICH NÄHERNDEN SCHEINWERFER UND HOLTE TIEF LUFT. Sie würden ihn nicht sehen, und sie bewegten sich zu schnell, um rechtzeitig anzuhalten.

Es ist für sie, dachte er. *Damit ich ihrem Glück nicht im Wege stehe.*

Wenn Elain nicht an ihn gebunden war, konnte sie glücklich sein.

Er ging zur Mitte der Straße und setzte sich, schloss die

Augen und wartete.

Hoffentlich würde es nicht zu sehr wehtun.

* * *

„LESTER, langsamer!" Mabel konnte nachts nicht mehr Auto fahren und das schon seit Jahren. Sie fand auch nicht, dass Lester nachts fahren sollte, aber sie waren länger als sonst beim Bingo geblieben und hatten sich Lora Jeans Geschichte über die Blinddarmoperation ihrer Tochter angehört.

„Die Geschwindigkeitsbegrenzung ist achtzig", schimpfte er. „Ich fahre nur siebzig. Wie viel langsamer soll ich noch fahren?"

Sie hasste das winzige Auto, es war die Idee ihres Sohnes gewesen. Der smart fortwo ließ einen Ford Escort im Vergleich, wie eine Limousine aussehen. Wie konnte man ein Auto ernst nehmen, das nicht nur kleiner als ein VW Käfer war, sondern auch ohne Großbuchstaben geschrieben war? Als die Benzinpreise durch die Decke geschossen waren, hatte ihr Sohn sie dazu überredet, ihren Cadillac gegen das winzige Ding einzutauschen. Ja, das Tanken war viel billiger, und nein, sie fuhren tatsächlich nicht weiter, als zehn Kilometer von ihrem Haus entfernt, aber darin zu sitzen fühlte sich unangenehm an, als würde man in einer winzigen Blechdose sitzen.

Plötzlich fluchte Lester und trat auf die Bremse. Sie blickte in dem Moment auf, als sie den Schlag hörten und eine dunkle, pelzige Gestalt davonflog. „Ach du lieber Gott!", schrie sie. „Was war das?"

Er fuhr an die Seite der Straße. „Ein riesiger Hund, der einfach mitten auf der Straße saß. Schwarz. Ich habe das verdammte Ding nicht gesehen."

„Hast du es getötet?"

„Ich weiß es nicht, Mabel", fauchte er wütend. „Deshalb

steige ich ja aus." Er stellte den Alarmblinker an und hievte sich aus dem winzigen Auto. Er ging ein paar Meter zurück und fand einen riesigen Hund, der am Straßenrand lag und noch atmete.

„Sei vorsichtig, Lester!", rief Mabel ihm vom Auto aus zu.

In einem nahe gelegenen Haus ging draußen ein Licht an und ein Mann kam hinaus. „Was ist passiert?"

Lester schüttelte den Kopf. „Ist das dein Hund?"

Der Typ kam auf ihn zu. „Nein, den habe ich noch nie gesehen." Er beugte sich vor. „Er lebt noch." Die Frau des Mannes war ihm nach draußen gefolgt und er rief ihr zu: „Schatz, hol mir die alte Decke aus der Garage." Nun stieg auch Mabel aus. „Ach, das arme Ding!"

Der Hund hob seinen Kopf und sah sie an, bevor er ihn wieder auf den Boden fallen ließ.

Kurz darauf kam die Frau mit einer Decke herbei. „Mein Bruder arbeitet für den Tierschutz. Ich werde ihn anrufen und herausfinden, was wir mit ihm machen sollen. Vielleicht ist er nur verwirrt. Ich sehe kein Blut." Der Mann wickelte den Hund sorgfältig in die Decke. „Meine Güte, er ist riesig." Er hob ihn hoch. „Es sei denn, ihr möchtet ihn mitnehmen?"

Lester schüttelte den Kopf. „Unsere Katze hasst Hunde. Ich hoffe, er schafft es."

* * *

Eine Stunde vor Einbruch der Dunkelheit traf Brodey auf der Ranch ein. Er sah sich kurz im Haus um, und ging dann hinaus, wo er Cail und Xavier auf der südwestlichen Weide entdeckte. Die beiden versuchten Vieh zusammenzutreiben und Xavier war auf einem Quad unterwegs, dessen Scheinwerfer durch die aufkommende Dunkelheit schnitten.

„Mann, ich bin so verdammt froh, dich zu sehen", rief Cail ihm zu. *„Irgendein Zeichen von Ain?"*

„Nein. Ich mache mir auch verdammte Sorgen, aber wir haben zu viel zu tun, um nach ihm zu suchen."

„Was ist der Plan?"

„Lauf du raus und treib die Rinder hier entlang, zu Xavier. Ich lasse die anderen Männer auf der Ostweide arbeiten. Pass auf, dass wir keine Streuner übersehen, das ist der schwierigste Teil. Ich werde mich nicht verwandeln, um zu sehen, ob wir irgendetwas übersehen haben."

„Verstanden." Brodey ging auf die Herde zu und begann, das Vieh zum Tor zu treiben. Normalerweise liebte er es, Vieh zu treiben. An jedem anderen Tag oder jeder anderen Nacht hätte er es genossen. Es hatte etwas Beruhigendes für ihn, für eine Weile jede andere Verantwortung abzulegen und seine Frustrationen kontrolliert bei den riesigen Bestien rauszulassen, ohne dass jemand – einschließlich des Viehs – verletzt wurde.

Heute Abend konnte er jedoch nicht anders, als sich um Ain Sorgen zu machen. Einfach zu verschwinden war alles andere als typisch für ihn, besonders wenn ein Sturm auf sie zukam.

* * *

Sobald Elain allein in ihrem Zimmer war, rief sie auf Cails Handy an, erreichte aber nur seine Mailbox. Dann versuchte sie es mit Brodeys Handy und Cail nahm ab. „Baby, es tut gut, deine Stimme zu hören. Geht es dir gut?"

„Ja. Ist Ain schon zurück?"

„Nein, Schatz. Brodey ist draußen auf der Weide. Er kann gerade nicht mit dir sprechen, weil er sich verwandelt hat. Wo bist du?"

„Du wirst es nicht glauben." Dann erzählte sie ihm von der Story, an der sie arbeiten sollte.

Sein Lachen erwärmte ihr Herz. „Du hast recht, ich kann

es wirklich nicht glauben, aber ich bin so verdammt froh, du hast ja keine Ahnung. Ihr könnt morgen und übermorgen hier schlafen. In der Gerätescheune beim Haus haben wir Platz für den Wagen. Die Scheune ist robust genug, um dem Sturm problemlos standzuhalten."

Sie dachte an Brodeys Warnung. „Ist das nicht riskant? Meine Kollegen im Haus zu haben?"

„Wir werden uns nicht vor Fremden verwandeln, wenn du das meinst. Mir wird es sehr viel besser gehen, wenn du hier bei uns bist, wo wir auf dich aufpassen können."

„Aber wir müssen so tun, als ob ihr mich nicht so gut kennt."

Er lachte. „Ja, aber unsere Hunde werden es lieben, mit dir in einem Zimmer zu schlafen."

Sie grinste. Cail und seine Schlupflöcher. „Könnt ihr heute Abend schon?"

„Ich wünschte es, aber wir werden wahrscheinlich bis zum späten Nachmittag beschäftigt sein. Ich schlafe jetzt schon fast ein, weil ich schon seit zwei Tagen wach bin. Irgendwann brauche ich ein Nickerchen. Brodey wird dann für mich übernehmen. Komm einfach morgen vorbei, jederzeit. Okay?"

„Okay. Ich liebe dich."

„Ich liebe dich auch, Baby. Schlaf gut."

Elain legte auf und starrte auf ihr Handy, während sie gegen ihre Tränen ankämpfte. Sie wollte an die Tür der Herrentoilette hämmern und die Schlüssel für den Truck verlangen, damit sie sofort zur Ranch fahren konnte. Sie wollte bei ihren Männern sein.

Na ja, zumindest bei zwei von ihnen.

Das Problem war, dass sie genau wusste, dass man ihr dann unbequemen Fragen stellen würde, die sie nicht so einfach beantworten konnte, und das Letzte, was sie im Moment tun wollte, war, mit Bill darüber zu reden.

Doch als sie sich zum Schlafen hinlegte, konnte sie nicht anders, als sich Sorgen um Ain zu machen.

* * *

GRELLES LICHT BLENDETE AIN.

Meine Güte, der ganze Bullshit mit dem hellen Licht am Ende des Tunnels stimmt also doch.

Er zwang sich, ein Auge zu öffnen und schaute um sich. Alles tat ihm weh und er merkte, dass er auf einer Art kaltem Untersuchungstisch lag.

Nun, offensichtlich hätte mein Plan etwas besser laufen können.

Er spürte Hände auf sich, dann hörte er die Stimme einer fremden Frau. „Hast du es fertig? Ich glaube, er kommt zu sich."

Dann die Stimme einer anderen Frau. „Ja, hier."

Er spürte etwas Kaltes und Nasses an seinem Vorderbein, rümpfte die Nase angesichts des scharfen Alkoholgeruchs.

Dann entdeckte er die Spritze in ihrer Hand.

Oh gut. Sie schläfern mich ein.

Er atmete erleichtert auf. Vielleicht war das gar nicht so schlimm, schließlich hatte er schon oft gehört, dass Tiere dabei nicht leiden müssen. Also schloss er seine Augen und entspannte sich, während die Medizin sich in seinem Körper ausbreitete. Er dachte an Elain, ihr Lächeln, ihren Duft.

Sie.

Er liebte sie. Und er hoffte, dass er sein Glück dort finden würde, wo die Götter es für angebracht hielten, ihn in seinem nächsten Leben hinzuschicken. Und er hoffte auch, dass er es dort nicht vermasseln würde.

Er hoffte, dass die Götter ihm das, was er an diesem dunklen Tag vor so langer Zeit getan hatte, nicht verübeln würden.

Dann wurde es schwarz um ihn.

* * *

Der Mann sah die Tierärztin an. „Okay. Ich habe die Maschine aufgewärmt."

Gemeinsam trugen sie den großen Hund vorsichtig zum Röntgen in den Radiologieraum.

Eine halbe Stunde später sah sich die Tierärztin die Aufnahmen genau an. „Er hat ein paar gebrochene Rippen, wahrscheinlich eine Gehirnerschütterung. Ansonsten scheint er in guter Verfassung zu sein. In der Urinprobe ist kein Blut."

Sie wandte sich an den Mann vom Tierschutz. „Er wird bald zu sich kommen, wenn das Beruhigungsmittel nachlässt. Ich werde ihnen ein paar Schmerztabletten für ihn mitgeben, das wird ihn beruhigen und die Schmerzen lindern. Was haben sie mit ihm vor?"

„Wir evakuieren morgen früh. Alle Tiere müssen weggebracht werden. Nur zwei Tiere bleiben, weil sie wegen Hundebissen in Quarantäne sind. Alle Tiere, die zur Adoption frei stehen, werden nach Atlanta geschickt, der Rest kommt in ein Tierheim in Roanoke. Sobald es sicher ist, bringen wir sie wieder zurück. Wenn das Gebäude dann noch steht."

Die Tierärztin nickte und machte eine Notiz auf ihrem Klemmbrett. „Wir haben ein paar zusätzliche Röntgenaufnahmen für Sie gedruckt, falls seine Besitzer auftauchen sollten. Er wird offensichtlich von irgendwem gepflegt und geliebt, da er sehr gesund aussieht und wohlgenährt ist. Definitiv kein Streuner. Ich könnte wetten, dass jemand nach ihm sucht. Ich würde ihn hier behalten, aber wir sind wegen der Evakuierung schon voll."

„Kein Problem, Doktor. Danke, dass Sie ihn sich ange-
sehen haben."

* * *

AIN SPÜRTE DEN SCHMERZ, tief und pochend. Das Atmen tat
weh, und sein Kopf schmerzte.

Scheiße.

Er war noch nicht tot.

Er versuchte seinen Kopf zu heben und wimmerte vor
Schmerz. Dann packten zwei Hände seine Schnauze. Bevor
er reagieren konnte, schoben sie ihm etwas in den Mund. Die
Hände umklammerten ihn und streichelten sein Kinn. Eine
Männerstimme sagte: „Schluck, Junge."

Ihm blieb nichts anderes übrig, als zu schlucken, da er
sonst an dem verdammten Ding erstickt wäre.

„Das wird dir helfen, während wir dich transportieren."
Er fing wieder an, sich treiben zu lassen, willig, sich von
dem, was sie ihm gegeben hatten, benebeln zu lassen.

* * *

AM NÄCHSTEN MORGEN VERSUCHTE ELAIN BEIM FRÜHSTÜCK,
ihren Enthusiasmus zu zügeln. „Ich habe mit den Lyall-
Brüdern gesprochen. Sie lassen uns nicht nur gerne einen
Beitrag über sich und ihre Vorbereitungen auf der Ranch
drehen, sondern haben auch angeboten, dass wir während
des Sturms bei ihnen bleiben können. Und wir können den
Bus in ihrer Scheune unterstellen."

Carl nickte. „Das ist cool. Ich würde nur ungern zusehen,
wie der Bus davonfliegt." Der Sturm fegte immer noch
Floridas Südwestküste entlang, direkt auf Venice zu. Elain
wollte sofort zur Ranch aufbrechen, wusste aber, dass sie das
nicht konnte, weil sie zuerst ihre Arbeit erledigen musste.

Sie drehten um Arcadia herum, filmten aus Sperrholz aufgerichtete Barrikaden vom letzten großen Sturm, auf denen Botschaften wie „Verschwinde, Charley" geschrieben worden waren. Sie interviewten den Bezirksverwalter von DeSoto und den Notfalleinsatzleiter und reichten das Material rechtzeitig für die Mittagssendung ein.

Elain versuchte, nicht daran zu denken, dass Ain immer noch verschwunden war. Brodey und Cail hatten ihr auf ihre SMS am Morgen geantwortet, dass sie immer noch nichts von Ain gehört hatten.

Sie bemühte sich auch, ihre seltsamen Stimmungsschwankungen zu unterdrücken. Die Ungeduld, endlich auf die Ranch zurückzukehren, die Verärgerung, dass die Dreharbeiten so lange dauerten, Wut und schließlich Traurigkeit, dass Ain verschwunden war. *Vielleicht sollte ich weniger Kaffee trinken.*

Dann rief Danny sie an. „Geht zum Tierschutz, um dort zu drehen, ich glaube, sie räumen das Tierheim."

Elain stöhnte. Das bedeutete, dass sie noch länger warten musste, um zur Ranch gehen zu können. *Nach Hause* gehen zu können.

„Okay."

Sie kamen ein paar Minuten nach elf beim Tierheim an. Als sie parkten, fuhr gerade ein großer Wagen mit Anhänger heraus. Ein weiterer stand auf dem Hof und wurde mit Hundeboxen beladen. Sie fand schnell den Tierheimleiter und sie begannen, ein paar Tiere zu filmen, die für die Reise verladen wurden.

„Was passiert, wenn jemand ein Haustier verloren hat? Was muss man tun, um es zurückzubekommen?"

„Wir haben Fotos von allen Tieren, die evakuiert werden, und wir haben Tracking-Nummern für alle, damit wir sie finden können. Wir werden diese Informationen nach dem Sturm zur Verfügung haben. Aber wir brauchen Käfige und einen Zwingerplatz für alle Tiere, die wegen des Sturms umziehen müssen. Sobald alles vorbei ist, werden wir, je nachdem, ob das Tierheim dann noch steht oder nicht, so viele wie möglich zurückbringen."

Elain beendete das Interview und schickte die Aufnahmen an den Sender. Es war wirklich praktisch, den großen Fernsehwagen dafür zu haben und nicht jedes Mal zurückfahren zu müssen. Gegen Mittag hielten sie wieder an, machten Interviews mit Leuten auf der Straße, gingen in die örtlichen Lebensmittelgeschäfte und Baumärkte, um Aufnahmen von den Schlangen der Leute zu machen, die Vorräte kauften, und arbeiteten sich dann langsam in Richtung Ranch vor.

Carl fuhr, und sie kämpfte gegen den Drang an, ihn anschreien, dass er schneller fahren sollte. Je näher sie kam, desto stärker wurde die Anziehungskraft, die sie zu ihnen spürte.

Zu ihren Männern.

Ihren.

Sie hielten vor dem Haus, und ihr Herz klopfte beim Anblick von Brodeys Wagen, der dort geparkt war. Sie wollte herausspringen, hineinrennen und sich auf sie stürzen.

Ihre Hände zitterten vor Anstrengung, sich zu beherrschen, doch sie ließ sich nichts anmerken und ging voraus zur Veranda. In diesem Moment öffnete sich die Tür.

Cail.

Er zwinkerte. *„Willkommen zu Hause, Schatz."* „Schön, Sie wiederzusehen, Miss Pardie."

„Elaine, bitte." *„Du kleiner Klugscheißer."* „Das sind Bill und Carl." Die Männer gaben sich die Hand. „Freut mich, euch kennenzulernen. Cailean Lyall."

„Sie machen sich nicht an dich ran, oder?"

„Oh, Bitte. Fang gar nicht erst mit so einem Scheiß an." „Danke, dass ihr uns erlaubt habt, eure Vorbereitungen zu

filmen, und danke für das großzügige Angebot, hier bleiben zu dürfen." *„Benimm dich."*

„Ich werde mich benehmen, aber Brodey könnte vielleicht auf ihre Taschen pinkeln." „Kommt rein und bringt eure Sachen mit, ich zeige euch erst mal eure Zimmer."

Eine Stunde später saß Elain mit Cail in seinem Wagen, während Carl und Bill ihnen in einem zweiten Auto folgten.

Cail sah sie an und grinste. „Du hast keine Ahnung, wie gerne ich mich jetzt zu dir beugen und dich küssen würde."

Ihr Herz pochte auf angenehme Weise. „Küssen?"

Er lachte. „Ja, für den Anfang. Es tut mir so leid, Elain. Ich sehe das alles genau wie Brodey. Wir werden uns gegen Ain behaupten, was auch immer wir tun müssen, um dich glücklich zu machen, wir werden es tun."

„Und was, wenn er wieder einen Erlass einsetzt?"

Cail runzelte die Stirn. „Ich glaube nicht, dass er das noch einmal machen wird. Nicht für solche Sachen."

„Geht es ihm gut?"

„Ich weiß es nicht." Er griff über den Sitz und nahm ihre Hand in seine. Zumindest konnten sie Händchen halten, ohne von ihren Kollegen erwischt zu werden. „Hoffentlich."

Den Nachmittag verbrachten sie mit Dreharbeiten. Brodey rannte über die Weide, wo er Xavier und einigen der Männer mit den letzten Rindern half.

Immer wieder kam er zu ihr herüber, sprang an ihr hoch und leckte ihre Wange. *„Oh, Gott, du siehst so schön aus!"*

„Hallo ... Beta. Braver Junge." *„Du auch Schatz."*

Bill lachte. „Er mag dich immer noch."

Sie kraulte Brodeys Kopf und starrte ihm in die Augen. „Er ist ein guter Junge."

Brodeys ließ seine Zunge glückselig heraushängen.

„Geh wieder an die Arbeit, bevor du Ärger bekommst", sagte Elain zu ihm. Er leckte noch einmal ihr Gesicht und rannte zurück zur Weide. Nach den Dreharbeiten schnitten sie ein paar Geschichten zusammen, machten eine Live-Aufnahme, und sie interviewte Xavier anstelle von Cail, da Cail sich damit wohler fühlte. Brodey verwandelte sich irgendwann zurück und fuhr mit einem anderen Wagen vor. Es fiel ihr schwer, bei all den anderen Dingen, die zu erledigen waren, ständig in Gedanken bei Ain zu sein.

Sie hatte sich in letzter Minute auf ein weiteres Interview vorbereiten müssen, das sie mit dem Notfalleinsatzleiter und dem Sheriff in Arcadia geführt hatte. Auf dem Rückweg zur Ranch hatten sie in einem Geschäft angehalten. Die meisten typischen Lebensmittel für Vorratskäufe waren längst ausverkauft, aber Elain kaufte ein paar frische Zutaten, um ihnen allen ein leckeres Abendessen zuzubereiten.

Bill und Carl halfen Brodey und Cail, das Haus mit Brettern zu sichern, während Elain das Abendessen kochte. Gott sei Dank, denn so musste sie ihre Vertrautheit mit der Küche nicht erklären.

Während das Abendessen kochte, entdeckte sie Ains Kleidung auf dem Couchtisch. Sie ging hinüber und hob sie auf, mit der festen Absicht, sie ins Schlafzimmer zu tragen, doch dann hob sie sie doch an ihr Gesicht und atmete tief ein.

Sofort hatte sie sein Gesicht vor Augen und kämpfte gegen den Drang an, zu weinen.

Ja, sie war sauer auf ihn. Aber nachdem Cail ihr erzählt hatte, was passiert war, nachdem sie gegangen war, machte sie sich jetzt hauptsächlich Sorgen um Ain, betete, dass sie ihn finden würden, damit sie ihn küssen und sich mit ihm versöhnen konnte.

Natürlich wollte sie ihm immer noch ihre Meinung sagen, aber sie würden sicher zu irgendeiner Einigung kommen, die für sie alle funktionierte.

Ich hoffe nur, er kommt sicher zurück.

An eine andere Möglichkeit wollte und konnte sie nicht denken.

KAPITEL SIEBEN

*C*in hatte jegliches Zeitgefühl verloren. Vage konnte er Stimmen, Bewegungen, Geräusche und Gerüchen anderer Tiere um ihn herum wahrnehmen. Und natürlich den Schmerz. *Wenn das das Leben nach dem Tod ist, bin ich am Arsch.*

Er hatte nicht darüber nachgedacht, was mit ihm passieren könnte, wenn er verwandelt starb.

Verdammt, habe ich es komplett verkackt?

Irgendwann spürte er, wie sich die Welt um ihn verschob und kippte. Er wimmerte vor Schmerz. „Es wird nicht lange dauern." Eine Frauenstimme.

Er hörte etwas und öffnete rechtzeitig die Augen, um zu sehen, wie ihm eine Pille in den Mund geschoben wurde. Er schluckte sie.

„Braver Junge", flüsterte die Frauenstimme besänftigend.

Er hatte aufgegeben. Ihm war alles egal. Ohne Elain war sein Leben wertlos.

Dann schlief er wieder ein.

* * *

AIN WUSSTE NICHT, wie lange er geschlafen hatte. Jemand musste ihn hochgehoben haben, da er sich in einer Box befand. Irgendwann holte ihn jemand aus der Box und hielt ihm eine Schüssel mit Wasser hin. Er trank, aber ihm tat alles weh.

Wo zum Teufel bin ich?

„Geh aufs Töpfchen, Junge."

Scheiß drauf, seine Würde war sowieso dahin. Er erleichterte sich und wimmerte wieder, als ihn jemand hochhob und zurück in die Box legte. Dann schlief er wieder.

Als er erneut aufwachte, war es dunkel.

So habe ich mir den Tod schon eher vorgestellt.

Er holte tief Luft und fühlte Schmerzen in seinen Rippen, doch die Schmerzen in seinem Kopf schienen etwas besser zu sein.

Er roch Tiere, Hunde und Katzen, rührte sich aber nicht vom Fleck. Sie waren offenbar angekommen, da er sich irgendwo in einem klimatisierten Gebäude befand.

Er hob den Kopf und sah sich um. Ein Tierheim.

Scheiße.

Aber wo? Das war die Frage.

Er versuchte aufzustehen und wimmerte. Oh Gott, alles tat ihm weh! Er hatte es geschafft, seinen Selbstmord zu verkacken.

Jetzt war er nicht mehr in einer Box, sondern in einem Zwinger und es war Nacht, wo immer sie waren. Die hohen Fenster in der Wand offenbarten einen Sternenhimmel.

Er sah sich um und entdeckte das rote Licht einer Videokamera oben an der Wand.

Scheiße, Videoüberwachung.

Das hieß, dass er sich nicht verwandeln konnte.

Die Tür seines Zwingers war mit einem Schiebeverschluss verriegelt, den er nicht öffnen konnte.

Er seufzte. *Wunderbar.*

Mit einem gequälten Grunzen rappelte er sich langsam auf, nahm einen Schluck Wasser und rollte sich dann wieder zusammen, um weiterzuschlafen.

* * *

FRÜH AM NÄCHSTEN MORGEN WURDE ER VON LICHTERN UND DEM ÄNGSTLICHEN GEBELL VON HUNDEN GEWECKT. Er wünschte, sie verstehen zu können, aber der ganze Quatsch von Gestaltwandlern, die Hunde verstehen können, kam aus Filmen und hatte nichts mit der Realität zu tun.

Für ihn klangen sie einfach wie Hunde.

Als drei Frauen und zwei Männer den Zwingerbereich betraten und mit ihrer morgendlichen Routine begannen, starrte Ain sie misstrauisch an. Es schien ein großes Tierheim zu sein.

Dann sah er sich die Karte an, die an seinem Tor befestigt war. Doch er konnte sie nicht lesen, weil sie in die falsche Richtung zeigte. Er blickte über den Gang, wo sich ein Beagle, ein Cocker Spaniel und ein junger Labrador einen Zwinger teilten. Ihre Karten konnte er lesen. Oben das Logo des Tierheims.

Roanoke Animal Rescue League

ROANOKE?

Scheiße.

Er stöhnte.

Eine der Frauen blieb vor seinem Zwinger stehen und sah ihn an. „Hey Junge. Geht es dir gut?"

Er sah sie an und sie streckte einen Finger durch das Tor, um ihn am Kopf zu kraulen.

Nein, tut es nicht. *Mir geht es alles andere als gut, du hast ja keine Ahnung.*

Eine andere Frau kam hinzu. „Wie geht es ihm?"

„Ich weiß es nicht. Ich werde später mit ihm spazieren gehen und zu sehen, was er für einen Eindruck macht. Vielleicht braucht er keine Schmerzmittel mehr. Bekommen wir noch mehr Tiere aus Florida?"

„Nicht aus DeSoto County", sagte die zweite Frau. „Aus Orange County kommen noch zehn Hunde und zwanzig Katzen."

„Ausgezeichnet."

Was zur Hölle?

„Ich hoffe, es wird nicht so übel wie damals bei Charley", sagte die erste Frau. „Das war richtig schlimm. Mein Bruder lebt da unten, in der Nähe von Orlando. Er hat erzählt, dass sie wahrscheinlich alle Bewohner bis nach Tallahassee evakuieren müssen."

Was?

Die Frau stand auf und beide gingen plaudernd davon.

Nein! Was ist hier los?

Er starrte auf einen anderen Zwinger auf der anderen Seite des Ganges und stellte fest, dass die Karte anders aussah.

Er kniff die Augen zusammen und konzentrierte sich, um sie lesen zu können.

DeSoto County Tierheim

DARUNTER HATTE JEMAND MIT SCHWARZEM FILZSTIFT AUF DIE KARTE GESCHRIEBEN:

HURRIKAN EVAKUIERUNG, STREUNER.
BEREITSTELLEN, FALLS BESITZER SICH MELDEN.

ER SCHLOSS DIE AUGEN. *Verdammt.*

* * *

DER ERSTE REGEN WAR FÜR DEN SPÄTEN ABEND VORAUSGESAGT WORDEN. Ab dann sollte sich das Wetter bis zum Mittag des nächsten Tages verschlechtern. Cail brachte Elain in eines der Gästezimmer in der Nähe ihres gemeinsamen Schlafzimmers unter und die anderen beiden Männer am anderen Ende des Hauses. Als Elain sich sicher war, dass die Luft rein war, öffnete sie ihre Schlafzimmertür und zwei schwarze Hunde stürmten hinein.

Sie schloss die Tür hinter sich ab und Brodey und Cail verwandelten sich sofort und drängten sie zwischen sich. „Oh Gott, Baby!", flüsterte Cail, küsste und umarmte sie. „Ich habe dich so vermisst!"

Brodey schmiegte sich von hinten an sie. „Verdammt, es ist schön, dass du wieder zu Hause bist!"

Zu Hause. Es fühlte sich gut an, zu Hause zu sein.

Wem machte sie etwas vor? Sie war unglücklich ohne ihre Jungs gewesen. Und jetzt, wo sie sich Sorgen um Ain machen musste, war ihr Job das Letzte, an das sie denken konnte.

Da sie alle drei erschöpft waren, kuschelten sie sich im Bett aneinander und sie schlief sofort ein. Es war die erste erholsame Nacht, die sie seit Tagen hatte, bequem eingeklemmt zwischen ihren zwei Männern.

Nur zwei ihrer Männer.

Sie fragte sich wieder, wo Ain war und ob es ihm gut ging.

Wenn sie ihn zurückbekamen, würde sie ihm gehörig ihre Meinung pauken.

Und ihn dann umarmen und ihm sagte, dass sie ihn liebte.

Am nächsten Tag mussten Elain und ihre Crew erneut nach Arcadia fahren, um weitere Informationen von den Bezirksbeamten zu erhalten, und um Interviews und Live-Aufnahmen zu machen. Gegen Mittag ging es zurück zur Ranch, bevor sich das Wetter zu sehr verschlechterte. Windböen rüttelten während der Fahrt am Wagen und als sie in den Hof einbogen, fing es an zu regnen, sodass sie zum Haus rennen mussten. Die Männer würden den Bus in Kürze in die Scheune bringen.

Elain wäre am liebsten nervös auf und ab gegangen. Sie wollte ins Schlafzimmer gehen – ihr Schlafzimmer, ihr *richtiges* Schlafzimmer, wo sie normalerweise mit ihren Männern schlief – und sich zusammenrollen und weinen.

Doch das konnte sie nicht.

Cail sah ihren nervösen Gesichtsausdruck und zwinkerte ihr zu. *„Das ist der Sturm. Der schnelle Wetterumschwung macht einen unruhig“*, sagte er ihr im Stillen.

Vielleicht war das die Antwort auf ihre seltsamen Stimmungsschwankungen. Nachdem sie zu Mittag gegessen hatten, ging Carl mit Brodey und Cail hinaus, um den Fernsehwagen in die Scheune zu stellen und Bill setzte sich im Wohnzimmer ihr gegenüber. „Diese Typen mögen dich wirklich.“

Sie versuchte, nicht zu erröten. „Wovon redest du?“ Sie versteckte ihre linke Hand schnell und drehte den Stein ihres Ringes nach innen, sodass er nicht mehr sichtbar war. Ihr

Ring war ihm offenbar noch nicht aufgefallen, da er noch nichts dazu gesagt hatte.

Er lachte. „Sie können ihre Augen nicht von dir lassen. Ich kann mir vorstellen, dass sie sich streiten werden, wer dich nach einem Date fragen darf." Sie wollte dieses Gespräch nicht führen. „Lass es, Bill", grummelte sie, während sie ihre E-Mails auf ihrem Arbeitshandy las. „Wo ist Aindreas Lyall überhaupt?"

„Sie haben gesagt, dass er sich um irgendwas kümmern muss."

„Komisch, dass wir ihn noch nicht gesehen haben."

„Nicht meine Sache."

Er lehnte sich zurück und betrachtete sie. „Hier geht etwas Seltsames vor."

„Was meinst du?" Sie hoffte, dass er den ängstlichen Unterton in ihrer Stimme nicht bemerkt hatte.

„Diese Brüder. Es ist … ich weiß auch nicht." Er beugte sich vor und sprach mit leiser Stimme weiter. „Vielleicht werden sie dich ja alle drei auf ein Date einladen. Du Glückliche." Jetzt wusste sie, dass er sie nur ärgern wollte. Erleichtert tat sie so, als würde sie die Vorstellung ekelhaft finden. „Bill, du denkst wie ein Teenager. Das war das *letzte Mal*, dass wir so eine Unterhaltung geführt haben. Das hatten wir doch schon bei den Highland Games, erinnerst du dich?" Jetzt kam sie erst richtig in Schwung und sprach mit etwas lauterer Stimme weiter. „Du bist vielleicht mein Freund, aber ich werde trotzdem eine Beschwerde bei der Personalabteilung einreichen, wenn du so weitermachst. Das hier ist immer noch unsere Arbeit. Wenn du so weiter machst, werde ich um einen neuen Kameramann bitten."

„Ist ja schon gut. Ich wollte mich doch nur etwas unterhalten, das ist alles." Der Wind heulte vor dem Haus und die anderen drei kamen zurück ins Zimmer. Sie musste sich beherrschen, um nicht hinüberzugehen und ihre beiden

Männer zu küssen. Als sie zu Bill schaute, sah sie, dass er sie angrinste.

* * *

AIN VERSUCHTE, jedem Geräusch um sich zu lauschen, um keine interessanten Informationen zu verpassen, und als jemand ein Radio einschaltete, einen lokalen Jazzsender, spitzte er die Ohren.

Endlich, gegen Mittag, kam seine Antwort. „Der große Hurrikan Natalia rast auf die Golfküste von Florida zu, dasselbe Gebiet, das vor ein paar Jahren von Hurrikan Charley verwüstet wurde …"

Entsetzt lauschte Ain dem Bericht. Wenn er sich doch nur befreien könnte … Dann was? Es war schließlich nicht so, als würde er nach Florida rennen können. Wenn er sich verwandeln würde, wäre er ein nackter Typ, der ohne Geldbeutel und ohne Ausweis in Roanoke herumlief.

Und es war auch nicht so, als könnten Brodey oder Cail kommen, um ihn abzuholen. Hatten sie Elain gefunden? War sie in Sicherheit?

Er legte seinen Kopf auf seine Pfoten und wimmerte.

* * *

SIE HATTEN VON DER VERANDA AUS DAS STÜRMISCHE WETTER GEFILMT, doch das Wetter war immer noch zu schlecht, um es zu senden und sie konnten den Bus nicht aus der Scheune hohlen, um das Filmmaterial vom dort aus zu bearbeiten. Aber Elain hatte mit dem Handy immer noch ein wenig Empfang, sodass sie den Live-Wetterdienst mitverfolgen konnten. Der Sturm hatte sich leicht nach Süden gedreht, als er auf Land getroffen war, was gut für sie war.

Brodey und Cail sahen über ihre Schultern auf den Bildschirm. „Das ist gut. Wir werden Böen der Kategorie 2 bekommen", sagte Cail. Er sah Brodey an. „Ich glaube, uns wird das schlimmste erspart bleiben."

„Was macht ihr nach dem Sturm?", fragte sie.

„Wir werden zuerst den Bestand überprüfen, dann die Scheunen. Und wir werden die äußeren Zäune abfahren und provisorisch reparieren, damit das Vieh nicht ausbüxen kann. Und wenn doch welche ausgebrochen sind, werden wir sie suchen gehen. Dann kontrollieren wir die inneren Zäune der Weiden und reparieren sie. Bei Stromausfall benutzen wir tragbare Generatoren für die Brunnenpumpen, damit die Tröge gefüllt bleiben."

„Was passiert mit verletzten Tieren?"

Cail sah grimmig aus. „Kommt darauf an. Wenn sie schwer verletzt sind, müssen wir ihrem Leiden ein Ende bereiten. Wenn es geringfügig ist, holen wir den Tierarzt hierher, um sie zu behandeln, wenn wir es nicht selbst machen können. Schnittwunden durch herumfliegende Teile sind nicht ungewöhnlich. Manchmal sind es nur kleinere Verletzungen und wir können sie mit einem Antiseptikum behandeln. Sie werden wirklich gestresst sein, also lassen wir sie, sofern keine Gefahr besteht, einen Tag da, wo sie sind, damit sie sich beruhigen können. Dann müssen wir den Kälberstall öffnen. Sobald sie sich beruhigt haben, werden wir sie untersuchen und dann auf ihre Weiden bringen."

„Wie viele Tiere habt ihr nach Charley verloren?"

Brodey schüttelte den Kopf. „Das war schlimm. Dreißig sind während des Sturms gestorben. Und danach mussten wir noch mal fünfzig einschläfern. Und wir hatten über vierzig Verletzte, die der Tierarzt aber behandeln konnte. Fast alle Tiere hatten leichte Verletzungen. Deshalb haben wir danach auch die verstärkte Scheune gebaut, um zumindest die Schwächsten in Sicherheit bringen zu können. Normalerweise stellt man kein Vieh für einen Sturm in eine

Scheune, aber wir haben sie speziell anfertigen lassen. Hat uns über zwei Millionen gekostet. Sie ist wie ein Bunker, mit verstärkten Erd- und Betonwällen und einem Dach, das Stürme bis zur Kategorie 4 aushält. Schließlich könnten wir nicht durchs halbe Land fahren, um unseren Bestand in Sicherheit zu beringen. Sie müssen sich zusammenkauern und den Sturm überstehen. Wir haben Windschutze auf der nördlichen Weide gegraben, außerdem gibt es hier viele Zypressen, die als natürlicher Windschutz dienen. Jetzt können wir nur noch beten."

Am Abend fühlte Elain sich elendig. Wegen Ains Verschwinden, dem Sturm und der Tatsache, dass sie sich nicht einfach mit ihren Männern ins Bett kuscheln konnte, lagen ihre Nerven blank. Brodey und Cail versuchten beide, sie zu beruhigen, doch es half nicht viel. Also ging sie zu Bett. Um kurz nach elf hörte sie endlich ein leises Kratzen an der Tür, und als sie es öffnete, kamen Cail und Brodey herein.

Sie verwandelten sich und nahmen sie beide in den Arm, während sie weinte.

„Es tut mir leid", entschuldigte sie sich. „Ich kann das nicht. Ich mache mir solche Sorgen um ihn! Was ist, wenn er verletzt ist?"

„Es geht ihm bestimmt gut", versicherte Brodey ihr. „Da bin ich mir sicher. Er ist hart im Nehmen." Sie sah Cail an. „Ich werde meinen Job kündigen, sobald der Sturm vorbei ist. Ich kann das nicht mehr länger. Ich dachte, dass ich arbeiten will und kann, aber ich liebe euch Jungs und ich will nicht von euch getrennt sein. Ich will ihn zurück. Ich bin immer noch sauer auf ihn, aber ich liebe ihn."

Brodey seufzte. „Baby, triff keine vorschnelle Entscheidung. Wir haben dir gesagt, dass du arbeiten kannst, wenn du das möchtest. Wir werden schon eine Lösung finden." Sie schüttelte den Kopf. „Nein. Ich werde kündigen. Ich kann das nicht mehr. Es ist schrecklich so und ich möchte das nicht mehr. Ich möchte mit euch zusammen sein."

Cail drückte sie an sich, und Brodey kuschelte sich von hinten an sie. „Was immer du möchtest", versicherte ihr Brodey. Sie gingen zum Bett und umarmten sie fest. „Wie sollen wir ihn finden?", fragte sie mit einem Schniefen.

„Ich weiß es nicht, Süße", antwortete Cail. „Ehrlich gesagt können wir uns darüber noch keine Gedanken machen, bis wir wissen, wie groß der Schaden hier sein wird. Er ist 238 Jahre alt. Ich sage es nur ungern, aber er wird auf sich selbst aufpassen müssen. Immerhin war es seine Entscheidung, zu gehen. Wir können nicht alles stehen und liegen lassen, um ihn zu suchen, wenn wir nicht mal wissen, wo wir anfangen sollen."

AIN HUMPELTE LANGSAM AUS SEINEM ZWINGER, während einer der Tierheimangestellten ihn an einer Leine nach draußen führte. Er konnte durch die starken Schmerzen kaum laufen. *Oh Gott, ich habe es total verkackt.*

Laut den Nachrichten im Radio sollte der Sturm nicht so schlimm werden, wie Charley. Trotzdem hatte er Schuldgefühle, da er genau wusste, wie sehr er auf der Ranch für die Vorbereitungen gebraucht wurde. Wie sollten sie ihn jemals in *Roanoke* finden?

Er wollte nicht ohne Elain leben. Doch jetzt, da er seine Brüder im Stich gelassen hatte, konnte er ihnen nicht mehr gegenübertreten. Was sollte er tun?

Er dachte wieder an den Tag, an dem ihre kleinen Schwestern gestorben war.

An das, was er getan hatte.

Dann schob er die Erinnerung beiseite. Aber war das nicht typisch für ihn? Zu handeln, ohne nachzudenken?

Unschuldigen wehzutun?

Er warf einen Blick auf die Frau, die seine Leine hielt, und plötzlich kam ihm eine Idee. Vielleicht war das eine Chance, das hier ein für alle Mal zu beenden.

Ain sah sie an, richtete seine Nackenhaare auf und stieß ein leises, tiefes Knurren aus.

KAPITEL ACHT

Am nächsten Morgen wurde Elain von Sonnenschein begrüßt, während sie ihre erste Tasse Kaffee in der Küche trank. Brodey und Cail waren im Morgengrauen hinausgegangen, um den Bestand zu überprüfen. Sie wollte auch gleich mit Bill und Carl rausgehen, schließlich gab es viel zu tun. Sie musste filmen und hatte vor, ihren Job zu kündigen.

Doch sie zwang sich, so zu tun, als wäre alles wie immer, während sie den Morgen wie im Schlaf durchwanderte. Widerstrebend fuhr sie mit Bill und Carl zurück nach Arcadia, um die Folgen des Sturms zu filmen. Sie hatte ihre Sachen gepackt und mitgenommen, da es sonst auffällig gewesen wäre, schließlich würde sie heute Nachmittag offiziell nach Venice zurückkehren.

Abgesehen von abgestürzten Ästen und ein paar herunterhängenden Stromleitungen sah die Gegend gar nicht so schlimm aus. Sie waren tatsächlich noch mal glimpflich davongekommen.

Um kurz nach zehn kamen sie bei ihrem letzten Stopp, dem Tierheim an. Elain sprach mit dem Tierheimleiter und er breitete Unterlagen mit Bildern, Beschreibungen und Informationen über die Tiere aus, die sie an andere Tierheime verschickt hatten, damit Bill sie fotografieren konnte.

„Inzwischen hatten wir Zeit, das alles auszudrucken", erklärte der Tierheimleiter. „Vorher waren wir zu beschäftigt mit den Vorbereitungen für den Sturm."

Elain wollte sich gerade von den Unterlagen abwenden, als ihr ein Foto auffiel.

Herrenlos, männlich, N/K schwarz, graue Augen, Schäferhund/Wolf-Hybrid.

Sie schnappte sich die Seite vom Tresen. Der große schwarze Hund lag mit einer Infusion im Vorderbein auf der Seite, aber es war Ain, darauf, hätte sie ihr Leben wetten können. Sie wandte sich an den Heimleiter. „Was bedeutet das? N/K?"

Der Manager nahm die Zeitung. „Oh, er ist derjenige, der von einem Auto angefahren wurde. N/K – heißt nicht kastriert."

Elain zwang das Wort hervor. „Angefahren?"

Er nickte. „Ja, ein älteres Ehepaar hat ihn in einem dieser winzigen Autos angefahren. Gott sei Dank wurde er nicht schwer verletzt. Sie sind ziemlich langsam gefahren." Er gluckste. „Der Hund war fast so groß wie das Auto. Wir haben ihn vor dem Sturm mit den anderen nach Roanoke gebracht. Genauer gesagt, kurz bevor ihr hier wart. Er war in der ersten Anhängerladung, die wir transportiert haben."

Bill hielt ihren Arm fest, da sie auf ihren Füßen schwankte. „Mein Gott, Elain, geht es dir gut?"

„Nein." Sie schnappte sich das Papier zurück. „Wo ist er jetzt? Er ist in Roanoke? *Virginia?*"

„Ja. Warum? Weißt du, wem er gehört?"

„Das ist einer der Hunde der … Lyall-Brüder. Er ist vor dem Sturm verschwunden. Er ist … er ist ein Zuchthund, ein Arbeitshund. Für das Vieh."

Bill sah auf das Papier. „Stimmt, er sieht aus wie die anderen beiden, oder?"

Der Tierheimleiter lächelte. „Ach, das ist ja toll! Ich werde sofort in Roanoke anrufen und ihnen sagen, dass sie ihn bei sich behalten sollen." Er ging zu seinem Büro. Als er einen Moment später zurückkehrte, sah sein Gesicht deutlich grimmiger aus als vorher.

„Was ist los?" Elain kämpfte gegen den Drang an, die Worte zu schreien. „Er … ähm, er hat gestern eine Tierheimmitarbeiterin gebissen. Er verhält sich sehr aggressiv. Sie haben ihn nach Ablauf seiner Quarantänezeit als gefährlich eingestuft und ihn zum Einschläfern freigegeben. Sie haben gesagt, dass man sich ihm nicht nähern kann." Elain rannte nach draußen. Mit zitternden Händen rief sie Brodey an, dann Cail. Beides mal ging sofort die Mailbox ran, und sie hinterließ keine Nachricht. Dann kehrte sie zur Rezeption zurück und schnappte sich die Unterlagen. „Was muss ich tun, um ihn zurückzubekommen?"

„Was? Ich bezweifle, dass Sie ihn …"

Elain unterdrückte die plötzliche Wut, die in ihr aufstieg. „*Was* muss ich *tun*, um ihn zurückzubekommen? Sie können ihn nicht einschläfern!" *Er ist mein Gefährte!* „Er ist … ich kann die Lyall-Brüder nicht erreichen, aber ich weiß, dass er ihr Hund ist. Er ist ein sehr wertvoller Hund, seine Impfungen sind auf dem neuesten Stand und er ist nicht gefährlich!" *Er ist einfach nur ein Idiot.*

„Das ist nicht so einfach."

Sie starrte ihn an. „*Geben* Sie mir den Papierkram", knurrte sie und war selbst überrascht von der plötzlichen Stärke in ihrer Stimme. „*Rufen* Sie das Tierheim in Roanoke an und *sagen* Sie ihnen, dass ich mit dem nächsten Flug komme."

Bill berührte ihren Arm. „Ähm, Elain? Wir müssen filmen." Sie drehte sich um und kämpfte gegen den Drang an, die Zähne zu fletschen. „Ich werde *nicht* zulassen, dass sie ihn einschläfern! Das ist … er heißt Alpha. Er ist einer ihrer Hunde. Ich weiß, dass er alle seine Impfungen hatte, und eigentlich gut erzogen ist.“

Bill trat einen Schritt zurück und hielt seine Hände vor sich hoch. „Wow, ist ja schon gut. Wie du meinst.“

Der Tierheimleiter gab ihr seine Visitenkarte, schrieb seine persönliche Handynummer darauf und gab ihr die Entlassungspapiere.

„Wenn man bedenkt, dass er jemanden gebissen hat, bezweifle ich, dass sie Sie einfach mit ihm da rausspazieren lassen. Diese Unterlagen besagen, dass er offiziell nicht mehr in unserer Obhut steht, und Sie können mich bei Fragen auf meiner privaten Nummer anrufen. Normalerweise würde ich das nicht tun, da wir uns bei solchen Fällen an Richtlinien halten müssen, wissen Sie. Aber wegen der Sturmevakuierung sind sie vielleicht nachsichtig.“

„Vielen Dank! Das weiß ich wirklich zu schätzen! Ich verspreche ihnen, dass ich persönlich für das Tierheim spenden werde, sobald ich zurück bin.“

Dann ging Elain mit Bill und Carl zurück zum Wagen und versuchte, ihre Emotionen unter Kontrolle zu bringen. Bill saß während der Fahrt hinten und lehnte sich nach ein paar Minuten nach vorn, wo sie auf dem Beifahrersitz saß. „Elaine, was ist los?“ Sie blickte angespannt geradeaus. „Ich werde nicht zulassen, dass er eingeschläfert wird.“ „Aber das ist nicht dein Hund. Warum überlässt du diesen Kampf nicht den Besitzern?“

Sie musste nicht einmal lügen. „Weil die mit den Folgen des Sturms beschäftigt sind. Als Reporterin habe ich vielleicht eine bessere Chance, ihn zurückzubekommen.“ Glücklicherweise lehnte er sich zurück und fragte nicht weiter nach, obwohl sie spürte, dass sowohl er als auch Carl ihr ihre Antwort nicht abkauften.

Zurück im Büro machte sie sich nicht einmal die Mühe, hineinzugehen. Sie warf ihre Sachen in ihr Auto und fuhr sofort in Richtung Tampa International Airport.

Verdammt, das wird langsam auffällig. So viel zu meiner Arbeit.

Elain hoffte, dass die Männer es wirklich ernst gemeint hatten, und für sie sorgen wollten, da sie bei ihrer Rückkehr wahrscheinlich keinen Job mehr haben würde.

Auf dem Parkplatz des Flughafens durchwühlte Elain ihre Sachen, stopfte ein paar Dinge in ihre Reisetasche, ging hinein und buchte einen Flug nach Richmond, der in vierzig Minuten abflog. Sie würde es nicht rechtzeitig zum Tierheim schaffen, bevor es schloss, aber das war ihr egal.

Vor Ort in Virginia mietete sie ein Auto, fuhr nach Roanoke und erreichte das Tierheim um kurz nach zehn Uhr abends.

Niemand war da, und das Tor war verschlossen.

Sie stand da, starrte auf die Anlage und überlegte ernsthaft, über den Zaun zu klettern oder ein paar Bolzenschneider zu kaufen, um einzubrechen, doch dann entdeckte sie die Überwachungskameras.

Mist.

Also suchte sie sich ein Restaurant, das noch offen war, ging auf die Toilette, machte sich frisch und zwang sich dann dazu, etwas zu Essen. Ihr Handy war inzwischen aus, da sie ihr Ladekabel nicht dabei hatte und es in der Nacht zuvor nicht aufgeladen hatte.

Sie hatte es zu Hause vergessen.

Auf der Ranch.

Also hielt sie bei einem noch geöffneten Discounter an und kaufte ein paar Sachen, doch leider gab es kein passendes Ladekabel für ihr Handy. Als Elain zum Tierheim zurückkam, war es kurz nach Mitternacht. Sie parkte, schloss die Autotüren von innen ab und klappte den Fahrersitz nach hinten, um ein Nickerchen zu machen.

Die ersten Angestellten trafen am nächsten Morgen gegen halb sieben ein. Elain schnappte sich ihre Tasche und die Papiere vom Tierheim und ging zu einer Frau, die gerade hineingehen wollte.

Nachdem sie ihr die Situation erklärt hatte, schaute die Frau sie mit zweifelndem Blick an. „Dieser Hund ist verdammt bösartig. Wir können uns ihm nicht mehr nähern. Er ist einfach plötzlich verrückt geworden. Es tut mir leid, aber wir können Sie nicht in seine Nähe lassen."

Elain war den Tränen wieder nahe. „Bitte! Ich kenne ihn. Schauen Sie, ich habe alle seine Unterlagen. Das Tierheim in Arcadia hat ihn mir übergeben und gesagt, dass ich ihn abholen kann. Er ist geimpft und muss nicht unter Quarantäne gestellt werden. Ich bin extra aus Florida hergeflogen, um ihn abzuholen. Bitte!"

Die Mitarbeiterin sah noch einmal alle Unterlagen durch. „Ich kann diese Entscheidung nicht treffen. Der Manager kommt erst in einer Stunde. Er muss diese Entscheidung treffen." Sie musterte Elain. „Es kann ja nicht schaden, wenn Sie schon mal einen Blick auf ihn werfen. Nur damit Sie sich vergewissern können, dass er der richtige Hund ist. Aber Sie dürfen ihn nicht anfassen."

„Okay, versprochen." Woran Elain sich natürlich nicht halten wollte.

Wenn sie nur einen Moment allein mit ihm haben könnte, würde sie ihn befreien und ihn notfalls durch einen Notausgang nach draußen bringen.

Die Mitarbeiterin winkte Elain durch das Tor und führte sie ins Gebäude.

* * *

AIN WARTETE. Er hörte, wie sich die Zwingertür öffnete und das Licht anging. Er hatte ein schlechtes Gewissen, die Frau gebissen zu haben, und hoffte, dass sie nicht verletzt war, denn er hatte ihr nur Angst machen wollen. Er glaubte nicht, dass er die Haut verletzt hatte. Das Personal hatte vor allem wegen seines bösartigen Knurrens und Bellens Angst bekommen.

So muss es sich anfühlen, im Todestrakt zu sein.

Er schloss die Augen und wartet. Sie hatten ihn in einen sicher verschlossenen Bereich gebracht, in einen von mehreren Zwingern, die für unter Quarantäne gestellte Hunde reserviert waren. Für gefährliche Hunde.

Er würde also weiter allen Angst machen müssen, bis sie ihn schließlich einschläferten.

Als die erste Mitarbeiterin eintrat, hob Ain den Kopf und knurrte.

„Ja, dir auch, Arschloch", murmelte sie, während sie sein Tor aufschloss. Sie schob schnell eine Schüssel mit Essen hinein und schlug die Tür wieder zu.

Als sie gegangen war, ließ Ain seinen Kopf auf seine Pfoten sinken und starrte auf die Schüssel. Das Essen war ekelhaft.

Wie halten Hunde diesen Scheiß aus?

Er wollte es nicht essen und es spielte sowieso keine Rolle, da er hoffentlich in ein paar Tagen tot sein würde. Er schloss die Augen und dachte an Elain. Er vermisste sie, vermisste seine Brüder. Wenn er stark genug an sie dachte, konnte er sie fast riechen.

Das äußere Tor öffnete sich wieder und er hörte Schritte von zwei Personen, die sich näherten.

Er knurrte.

Lasst mich in Ruhe.

Eine Frauenstimme. „Viel Glück. Ich habe ihnen ja gesagt, dass er niemanden an sich ranlässt."

Ain knurrte nun etwas lauter und bereitete sich darauf vor, wieder laut zu bellen. Dann hob er seinen Kopf und öffnete seine Augen, und das Knurren blieb ihm im Hals stecken.

Elain lächelt ihn an. „Da bist du ja, du kleines Arschloch. Weißt du, was für Sorgen wir uns deinetwegen gemacht haben?"

* * *

ELAIN HÄTTE ÜBER AINS SCHOCKIERTEN GESICHTSAUSDRUCK GELACHT, wenn sie nicht so verdammt erleichtert gewesen wäre, ihn zu sehen. Außerdem hatte sie keine verdammte Ahnung, wie sie ihn hier rausbekommen sollte. In ihrer Tasche befand sich eine kurze Hose, ein T-Shirt und Flip-Flops in seiner Größe, aber ihr waren die Videokameras im Zwingerbereich des Tierheims nicht entgangen. Wenn sie Alpha, den Hund, nicht befreien konnte, dann könnte sie vielleicht mit Ain auf zwei Beinen hinausgelangen, vorausgesetzt es gab einen Ort, an dem er sich verwandeln konnte, ohne gesehen zu werden.

Er starrte sie geschockt an, während sie sich vor dem Zwinger auf den Boden kniete. „*Elain!*"

„Stecken Sie nicht Ihre Hand da rein", warnte die Mitarbeiterin sie. „Ich sage Ihnen, er wird …"

Ain sprang trotz der Schmerzen auf die Füße und stürmte zum Tor. Er drückte seine Nase dagegen und versuchte, Elaines Hand durch den Zaun zu lecken, während er glücklich wimmerte und mit dem Schwanz wedelte.

„Herrgott!", sagte die Frau mit einem nervösen Lachen. „Ich dachte kurz, er würde Sie beißen!"

Elain lachte. „Nein, er muss einfach extrem gestresst gewesen sein. Er ist ein Arbeitshund, kein Haustier. Normalerweise hütet er Vieh. Er ist kein normaler Hund und er ist es nicht gewohnt, in einem Zwinger zu sein. Ich sage Ihnen, er ist nicht gefährlich." Sie stand auf und öffnete den Zwinger, trat hinein, und kniete sich wieder hin.

Er leckte eifrig ihr Gesicht, während sie ihre Arme um ihn schlang und ihr Gesicht in seinem Fell vergrub.

„Du bist ein verdammtes Arschloch", sagte Elain stumm.

„Ich weiß, Baby! Es tut mir leid! Es tut mir so leid! Oh Gott, es tut mir so leid! Ich liebe dich so sehr!"

Sie nahm sein Gesicht in ihre Hände und sah ihm in die Augen. *„Keine scheiß Erlasse mehr, okay?"*

„Das verspreche ich." Er leckte eifrig ihr Gesicht und ihre Wangen.

Die Mitarbeiterin lachte. „Ich kann es kaum glauben."

„Er wurde von einem Auto angefahren" Elain starrte Ain finster an. „Es war wahrscheinlich die Gehirnerschütterung, die ihn dazu gebracht hat, sich wie ein Arschloch zu benehmen. Und dann noch der Stress und seine Schmerzen. Jeder kann mal einen wirklich schlechten Tag haben und sich danebenbenehmen. Stimmts?" Der letzte Teil war an Ain gerichtet und er stieß ein leises Lachen aus.

„Ja, das stimmt wohl. Dann werde ich Sie mal mit ihm allein lassen. Ich habe zu tun. Sobald mein Chef kommt, können Sie mit ihm sprechen, aber ich kann ihn noch nicht für Sie freigeben."

„Danke." Elain konzentrierte sich wieder auf Ain. *„Bring mir bei, was ich wissen muss, und ich verspreche dir, dass ich mein Bestes geben werde, alles zu lernen. Aber bitte keine Erlasse mehr, es sei denn, es geht um richtig ernsten Gestaltwandler-Scheiß. Du musst mich nicht zwingen, bei dir zu bleiben, verstanden?"*

„Versprochen! Oh, Gott, ich verspreche es dir! Was immer du willst!"

„Und ich werde meinen Job kündigen", fügte sie hinzu.

Er schüttelte den Kopf. *„Nein, du solltest arbeiten können. Du hattest recht, dass ..."*

„Halt die Klappe und lass mich ausreden, Idiot." Sie starrte ihm in die Augen und wusste, dass sie ihn so nicht küssen konnte. Ersten würde es … verstörend aussehen. Zweitens stank sein Atem. *„Mir wurde während des Sturms klar, dass ich nicht von euch getrennt sein möchte. Ich liebe dich wirklich. Aber ich schwöre bei Gott, wenn du so etwas noch mal machst – nicht nur das Wegrennen, sondern auch das Manipulieren – werde ich dich persönlich ins Tierheim bringen und sie bitten, dich zu kastrieren. Hast du mich verstanden?"*

Er kicherte und antwortete dann ernst: *„Ich verspreche es dir, Elain."*

Sie umarmte ihn erneut und atmete tief seinen Duft ein. „Ich liebe dich", flüsterte sie ihm ins Ohr. „Ich liebe dich so sehr. Ich dachte, wir hätten dich verloren." Er winselte.

Als der Tierheimleiter kam, brauchte es Elaines ganze Überzeugungskraft, dass Ain alles andere als ein bösartiger Hund war. Es war ihr Glück, dass das überfüllte Tierheim ihn nicht einschläfern und sich deshalb mit unnötigem Papierkram befassen wollte.

„Wen hast du gebissen?", fragte Elain Ain.

Er schaute sich um. *„Die Frau da drüben."*

„Geh dich entschuldigen. Sofort. Und zwar richtig. Ich will eine oscarverdächtige Show sehen."

Ain näherte sich der Frau, die er gebissen hatte, langsam, mit gesenktem Kopf. Dann ließ er sich wimmernd vor ihr auf den Bauch fallen, wedelte mit dem Schwanz, drehte sich auf den Rücken und zeigte ihr seinen Bauch. Als sie ihm vorsichtig eine Hand entgegenstreckte, leckte er sie ab. Zum Glück hatte er sie nicht verletzt.

Sie lachte schließlich und als Ain heftiger mit dem Schwanz wedelte, während sie ihn streichelte, sagte sie: „Ich bin damit einverstanden, ihn freizulassen. Ich glaube, Sie hatten recht", fügte sie hinzu. „Er war gestresst und hatte Schmerzen. Wir alle haben schlechte Tage und ich hab' nicht einmal einen blauen Fleck von dem Biss. Andere Tiere haben mich schon viel schlimmer gebissen oder gekratzt, und wir haben sie nicht eingeschläfert. Können wir die Unterlagen zu dem Vorfall einfach vernichten und ihn freilassen? Bitte?"

Der Tierheimleiter nickte schließlich. „Okay." Er sah Elain an. „Aber Sie unterschreiben eine Verzichtserklärung."

„Einverstanden!" Sie sah auf Ain hinunter. „Und ich werde einen großzügigen Beitrag für das Tierheim zu spenden." Sie zog eine Augenbraue hoch.

Er hob den Kopf und sah sie an. *„Ich werde es dir zurückzahlen, Baby"*, schwor Ain.

„Und wie du das wirst."

Mit einem übermäßig fügsamen Ain an der Leine unterschrieb Elain die Papiere, führte ihn aus dem Tierheim und öffnete eine Tür ihres Mietwagens für ihn.

„Rein da, Arschloch", sagte sie. „Verwandle dich nicht, bis wir wieder im Hotel sind", fügte sie leise hinzu.

Immer noch unter Schmerzen kletterte er mit einem gequälten Grunzen vorsichtig hinein und legte sich auf die Rückbank.

Sie glitt hinter das Lenkrad und sah ihn über ihre Schulter hinweg an. „Ich habe heute Nacht in diesem verdammten Auto geschlafen. Mein Handyakku ist leer, und ich muss Brodey und Cail anrufen, weil sie wahrscheinlich gerade den Verstand verliehen. Mein Job ist auch nicht mehr sicher, weil ich einfach abgehauen bin, nachdem ich herausgefunden habe, wo du bist. Kurz gesagt, du steckst in ernsthaften Schwierigkeiten, Kumpel."

Er winselte. *„Es tut mir leid. Ich schwöre dir, ich werde es wiedergutmachen."*

Sie fuhren los und Elain fand ein Hotel, in dem sie eincheckte. Sie erwähnte ihren „Hund" nicht, sagte aber, dass ihr Verlobter noch kommen werde. Dann fuhr sie mit Ain zu einem Fast-Food-Restaurant, wo sie Essen zum Mitnehmen bestellte.

Zurück am Hotel forderte sie ihn auf, zu warten und ging sie mit ihrer Handtasche, ihrer Reisetasche und dem Essen auf das Zimmer. Als sie sich vergewissert hatte, dass die Luft rein war, kehrte sie zum Auto zurück. Mit ihrer Hilfe stieg Ain vorsichtig aus und humpelte in ihr Zimmer. Sie hängte das „Bitte nicht stören"-Schild an die Tür und schloss ab.

„Wunder dich nicht, wenn ich dich für eine Weile ein verdammtes Arschloch nenne", grummelte sie.

Er legte seine Vorderpfoten auf das Bett und verwandelte sich.

„Oh, Gott, mir tut alles so verdammt weh!", stöhnte er.

Sie wollte weiterhin wütend auf ihn sein, aber die riesigen schwarzen und blauen Flecken auf seinem Oberkörper und an den Oberschenkeln machten es ihr unmöglich.

„Verdammte Scheiße!" Sie half ihm vorsichtig aufs Bett. Ein ekelhafter Geruch stieg ihr in die Nase. „Oh Gott, nichts für ungut, aber du stinkst wirklich. Als Hund hast du besser gerochen."

Auf seinen Wangen waren dunkle Bartstoppeln zu sehen. Er lachte herzhaft. „Ja, das glaube ich dir. Kannst du mir eine Minute geben, um zu Atem zu kommen, und mir dann unter die Dusche helfen?"

Sie stellte die Dusche an, ließ das Wasser warm werden, zog sich dann aus und half ihm hinein. Er hatte zu große Schmerzen, um irgendetwas anderes zu tun, als sich an die Wand zu lehnen, während sie ihn vorsichtig wusch und rasierte. Danach half sie ihm, sich abzutrocknen und zum Bett zurückzukehren, wo er sich mit einem gequälten Grunzen hinsetzte.

Sie reichte ihm etwas zu Essen. „Iss. Dann müssen wir die

anderen anrufen." Er sah sie nicht an. „Es tut mir leid, Elain. Ich meine es ernst." Sie kniete vor ihm. „Schau mich an."

Endlich begegnete er ihrem Blick, und seine grauen Augen waren voller Traurigkeit.

„Du musst mir nicht befehlen, bei dir zu bleiben, meinen Job zu kündigen und diesen ganzen Scheiß. Aber wenn du mir sagst, dass du etwas tun wirst, und ich dann herausfinde, dass du mich nur verarscht hast, tut das weh. Und es kotzt mich an. Warum sollte ich dir dann noch vertrauen?"

„Es tut mir leid. Du hast recht. Ich hatte nicht vor, ernsthaft darüber nachzudenken, und es war ein Fehler. Und diesen Fehler werde ich nicht wiederholen, das verspreche ich."

Sie glaubte ihm. Sein Bedauern strömte in fast erstickenden Wellen von ihm ab.

Also tätschelte sie vorsichtig sein Bein. „Iss etwas."

Dann rief sie vom Zimmertelefon aus bei der Ranch an. Als sie schließlich Brodey erreichten, war er zunächst sauer, weil sie sich so lange nicht gemeldet hatte, und weil sie wieder ohne Vorwarnung gegangen war. Doch dann freute er sich, dass sie Ain gefunden hatte. „Lass mich mit Mr. Prime Arschloch sprechen."

„Geh schonend mit ihm um", warnte sie ihn, und sah Ain dabei an. „Er hat ein paar harte Tage hinter sich."

„Scheiß drauf. Ich habe ein gottverdammtes Hühnchen mit ihm zu rupfen, Baby."

Sie reichte ihm das Telefon und sah zu, wie Ain die Augen schloss und Brodey fünf Minuten lang zuhörte. Er kam nicht zu Wort.

Als Brodey fertig war, hörte sie ihn schreien: „Und was sagst du zu all dem, du gottverdammtes Arschloch?"

„Dass du recht hast, und es mir leidtut."

Verblüffte Stille am anderen Ende.

„Bist du noch da, Brod?", fragte Ain schließlich.

„Es tut dir leid?“

„Ja. Es tut mir leid. Ich habe mich wie ein Arschloch verhalten, das alles war meine Schuld. Du hast recht.“

„Lass mich mit Elain sprechen.“ Ain reichte ihr das Telefon und streckte sich mit einem gequälten Stöhnen auf dem Bett aus.

Sie behielt Ain im Auge. „Ja?“

„Geht es ihm gut?“, fragte Brodey. „Wurde er am Kopf getroffen?“

„Ja zu beidem. Ich werde dir alles erklären, wenn wir nach Hause kommen.“

„Wann?“

„Ich weiß es noch nicht. Ich muss erst schlafen, und er hat sowieso zu große Schmerzen, um sich zu bewegen. Und ich muss mir ein Handyladegerät kaufen. Ich rufe dich später an und sage dir Bescheid.“

„Danke. Ich liebe dich.“

„Ich liebe dich auch. Und sag Cail, dass ich ihn auch liebe.“

„Das werde ich, Baby.“

Sie legte auf und kletterte vorsichtig neben ihn ins Bett. „Du hast noch viele Entschuldigungen vor dir, Mister.“

„Ich weiß.“

Elain schob sanft ihre Finger zwischen seinen. „Wie wurdest du von einem Auto angefahren?“

Er antwortete nicht, und langsam stieg Angst in ihr auf. „Du hast versucht, dich umzubringen, oder?“

Schließlich nickte er.

„Und deshalb hast du die Frau im Tierheim gebissen? Weil du gehofft hast, dass sie dich einschläfern würden?“

Er nickte wieder.

Verflucht. Sie war so nahe dran gewesen, alles zu verlieren.

„Ain, ich bin keine komplizierte Frau. Ich möchte dem

Mann – *den Männern* – vertrauen können, mit denen ich den Rest meines Lebens verbringe. Das ist alles."

Er rollte sich vorsichtig zur Seite und schmiegte sein Gesicht an ihre Schulter. „Es tut mir leid. Alles. Ich übernehme die volle Verantwortung."

Sie hätte wieder mit ihm schimpfen können, so wie Brodey es getan hatte, aber wegen seines Zustandes hätte sie sich dann noch schlechter gefühlt als ohnehin schon. „Was denkst du, wie lange es dauern wird, bist du reisen kannst?"

„Ich habe keinen Ausweis. Ich kann nicht fliegen."

„Scheiße." Sie stieg aus dem Bett, rief Brodey wieder an, und bat ihn, Ains Geldbeutel mit einem Express-Versand zum Hotel zu schicken. Dann kletterte sie zurück ins Bett.

„Okay, du hast mindestens vierundzwanzig Stunden allein mit mir. Lass uns erst mal schlafen. Wenn wir aufwachen, kaufe ich ein Ladegerät und ein paar richtige Klamotten für dich. Und dann können wir Mittagessen gehen und reden."

Er schloss die Augen. „Das klingt gut."

* * *

Die Blutergüsse sahen tatsächlich etwas besser aus, als sie von ihrem Nickerchen erwachten. Er stellte sich vor den Spiegel, um sich zu untersuchen. „Ich wette, das sah am Anfang noch schlimmer aus", sagte er.

„Ich dachte, ihr heilt schneller als normale Menschen?" „Das tun wir auch. Ich hatte nur ein paar gebrochene Rippen und eine Gehirnerschütterung. Aber jeder normale Hund wäre wahrscheinlich gestorben. Ich kann schon wieder schmerzfrei atmen."

„Wir können morgen Abend fliegen, wenn es einen Flug gibt und mein Geldbeutel rechtzeitig ankommt."

Sie setzte sich auf und starrte ihn an.

Er drehte sich um. „Was?“

Sie zuckte mit den Schultern. „Vielleicht brauchen wir beide diese Zeit allein. Um den ganzen Scheiß zu klären. Brodey und Cail werden dir wahrscheinlich richtig den Arsch versohlen, wenn wir nach Hause kommen.“ Ihr fiel auf, dass er kein Wort über ihr Fluchen gesagt hatte.

„Ja.“

Sie stand auf und ging zu ihm hinüber, legte sanft ihre Arme um ihn. „Wenn ich überhaupt noch einen Job habe, werde ich kündigen.“

„Baby, im Ernst, das musst du nicht …“

„Lass mich ausreden. Du hattest recht, okay? Ich hasste es, von euch getrennt zu sein. Ich war so sauer und enttäuscht, als ich nach Spokane gegangen bin, dass ich nicht klar denken konnte. Ich hätte nicht gehen sollen. Ich hätte einfach in Venice bleiben und mich beruhigen sollen. Als Brodey mich gefunden hat …“ Sie seufzte. „*Wollte* ich, dass er mich nach Hause bringt.“

Sie sah ihm in die Augen. „Ja, es fühlt sich wie zu Hause an, bei euch zu sein. Ich gebe es zu. Ich weiß nicht, was ich beruflich tun will, aber mir ist jetzt auch klar, dass ich nicht für den Sender arbeiten kann. Nicht nur, weil ich dann zwei Stunden am Tag pendeln müsste, um bei euch sein zu können, sondern auch, weil es beim Fernsehen nicht sicher ist. Du hattest recht, auch wenn ich nicht auf Sendung bin, wäre es ein zu großes Risiko für uns.“

Er legte sein Kinn auf ihren Kopf. „Es tut mir leid, Elain. Ich weiß, wie viel dir deine Arbeit bedeutet. Ich schätze, ich habe es geschafft, das zu versauen, oder?“

„Ich glaube, es wäre gut, wenn du nicht mehr das tun würdest, wovon du annimmst, dass es von dir erwartet wird, und stattdessen einfach das tust, was für uns vier das Beste ist. Verstehst du?“

„Ja.“

„Verbringe Zeit mit mir. *Rede* mit mir. *Erzähl* mir von Dingen, die ich wissen muss. Und setzte deine Alpha-Macht nur ein, wenn es wirklich ein Notfall ist. Wenn du doch mal einen Erlass aussprechen musst, dann *rede* danach mit mir. *Erkläre* mir, warum du es tun musstest, dann werde ich auch nicht ausflippen. Ich habe nicht vor, mich gegen eure Gesetze aufzulehnen oder dir das Leben schwer zu machen. Aber wage es nicht, mich einfach zum Schweigen zu bringen oder zum Sex zu zwingen oder was auch immer."

„Das würde ich nie tun!"

„Ja, aber *das* ist genau das, was ich meine. Wie soll ich das wissen? Deshalb hat mich deine Aktion auch so erschreckt. Du kannst mich *zwingen*, Dinge zu tun, und offen gesagt macht mich das wahnsinnig."

„Es tut mir leid", sagte er leise. „Ich werde dich nie wieder so übergehen. Deshalb wollte ich am Anfang auch auf keinen Fall, dass wir etwas tun, bis du es auch wirklich wolltest."

Er fühlte sich inzwischen gut genug, um im Auto mitzufahren, also machten sie sich auf den Weg, um ihm eine Jeans, ein Hemd und richtige Schuhe zu kaufen. Außerdem ein Ladegerät für ihr Handy. Dann hielten sie zum Mittagessen an. Als sie in ihr Zimmer zurückkehrten, zog sich Ain aus und sie sah, dass einer der Blutergüsse an seiner Hüfte schon fast komplett verschwunden war.

„Schau." Sie berührte sanft die Stelle. „Es heilt." Er nickte. „Ja, es sollte jetzt ziemlich schnell gehen." Er schien auch nicht mehr so stark zu hinken.

Dann legten sie sich zusammen aufs Bett, um fernzusehen. Elain konnte nicht abstreiten, dass das Gefühl von Ains Armen um sie herum ziemlich angenehm war, nach so vielen Tagen ohne ihn. Langsam schob sie seine Hand von ihrer Taille zu ihrer Brust.

Er küsste ihren Nacken. „Ist das eine Einladung?"

„Wenn du schon wieder kannst?"

Als Antwort drückte er seine Hüften gegen ihren Hintern und sie konnte seine Erektion spüren. „Oh ja, das kann ich." Er strich mit seinen Lippen über ihre Schulter. „Ich glaube aber nicht, dass ich es verdient habe."

„Du hast recht, das hast du nicht. Aber du hast Glück, weil ich es will."

Er lachte. „Zuerst muss ich es bei dir wiedergutmachen, und dann bei Brodey und Cail."

Sie schnaubte. „Stimmt. Sie werden dich fertig machen, wenn du nach Hause kommst, Prime oder nicht."

„Wie hoch war der Schaden durch den Sturm? Haben wir Rinder verloren?"

„Es war nicht so schlimm, wie sie zuerst dachten. Arcadia stand zum Glück noch, als wir durchgefahren sind." Sie drehte sich um und funkelte ihn an. „Aber ich bin gegangen, bevor ich mich nach eurem Vieh erkundigen konnte. Weil ich hier herfliegen und einen streunenden Köter retten musste."

Er rollte sich auf sie. „Hab's verstanden." Dann drückte er seine Lippen auf ihre und hinderte sie daran, noch einen bissigen Kommentar zu machen.

Als er den Kopf hob und ihren Kuss unterbrach, fragte sie: „Glaubst du, dass ein Drogenabhängiger sich so fühlt, wenn er seinen nächsten Schuss bekommt?" Er lächelte. „Drogenabhängiger?"

„Ja." Sie strich mit ihren Händen über seinen muskulösen Rücken. „Ich bin immer noch sauer auf dich, und trotzdem will ich nichts lieber, als mit dir zu schlafen."

Er küsste sie wieder. „Ach, wirklich?"

„Ja", hauchte sie. „Du hast meine Gefühle verletzt und mich sauer gemacht. Und um das Ganze abzurunden, hast du mich auch noch zu Tode erschreckt, indem du einfach verschwunden bist."

Er küsste ihren Hals, seine Lippen berührten ihre Haut

und ließen sie angenehm erschauern. „Ich werde den Rest meines Lebens damit verbringen, mich zu entschuldigen."

Sie schloss die Augen und genoss seine Berührung. „Vielleicht nur die nächsten paar Wochen. Aber nur, wenn du hiermit niemals aufhörst." Sein leises Glucksen erregte sie nur noch mehr. Langsam arbeitete er sich nach unten und hob ihr Oberteil hoch, um auch ihren Bauch zu küssen. „Wie wäre es hiermit?"

„Mhm. Vielleicht. Macht mich das zu einer Schlampe, weil ich so einfach zu haben bin?" Er setzte sich blitzartig auf und packte ihre Handgelenke. „Warte." Sein Griff war fest, aber nicht schmerzhaft. „Sag das niemals über dich."

Plötzlich wurde sie wütend. „Aber läuft es nicht alles darauf hinaus? Es ist, als hätte ich meinen Verstand verloren, seit ich euch drei kenne! Ich hatte eine Karriere, eine VERDAMMTE Karriere, ein Leben! Versteh mich nicht falsch, ihr drei seid es wert, aber es ist, als hätte ich keinen eigenen Willen mehr ..." Sie brach schluchzend zusammen. „Und ich habe jetzt diese blöden Stimmungsschwankungen! Das ist alles eure Schuld!"

Sie schlug nach ihm, aber er schlang seine Arme um sie und drückte sie an sich, küsste sie auf den Kopf und versuchte, sie zu beruhigen. „Süße, das hier sind nicht nur deine Gedanken oder Gefühle, es ist Schicksal. Wir wurden von Kräften zusammengebracht, die viel stärker sind als wir. Glaub mir, wir sind genauso verrückt nach dir wie du nach uns. Vielleicht noch mehr. Wir sehen dich *überhaupt* nicht so. Wir denken, dass du die perfekte Frau für uns bist, die *einzige* Frau. Es war Schicksal, dich zu finden und zu lieben. Nur habe ich es leider geschafft, alles zu versauen, weil ich versucht habe, es zu erzwingen und mich an die Regeln zu halten, anstatt auf meine Gefühle zu hören."

Sie schniefte an seiner Brust. „Ich habe meinen Verstand verloren."

Er bedeckte ihr Gesicht mit Küssen. „Wir lieben dich. Du verstehst es nicht, weil wir noch keine Zeit hatten, dir von all diesen Dingen zu erzählen." Er berührte sanft ihr Kinn und zwang sie, ihn anzusehen. „Wir sind an den Code unserer Vorfahren gebunden. Wenn wir unsere *Eine* finden, ist es unsere Pflicht, sie zu beschützen, sie zu lieben und glücklich zu machen. Für den Rest unseres gemeinsamen Lebens werden wir alles tun, um dich glücklich zu machen und uns um dich zu kümmern."

„Es würde mich glücklich machen, zu arbeiten."

Er umarmte sie fester. „Ich weiß. Ich verspreche dir, dass ich dir dabei helfen werde, einen anderen Job zu finden. Einen Job, der dir Spaß macht, näher an deinem Zuhause ist und keine Gefahr für uns darstellt." „Ich habe so hart dafür gearbeitet, um im Live-Fernsehen zu arbeiten."

„Es tut mir leid."

„Ich habe es satt, dass du dich entschuldigst."

Er verkniff sich eine weitere Entschuldigung und seufzte stattdessen. „Ich habe dir gesagt, dass wir uns etwas einfallen lassen werden, wenn du arbeiten willst." „Das geht nicht. Brodey hatte recht. Wenn ich weiter für den Sender arbeite, muss unsere Beziehung geheim bleiben. Es könnte Aufmerksamkeit erregen. Und ich will nicht so viel von euch getrennt sein."

Er strich mit seinen Lippen über ihre Stirn. „Wir können die Ranch verkaufen", sagte er leise.

„Was?"

„Wenn es dir wirklich so schlecht damit geht, können wir die Ranch verkaufen und nach Venice ziehen und bei dir leben. Wir müssen uns allerdings ein größeres Haus besorgen, am besten etwas ohne direkte Nachbarn." „Das würdet ihr für mich tun?"

„Wenn es dich glücklich machen würde, ja."

Aber es würde ihre Jungs nicht glücklich machen, und das

wusste sie. Sie würden es nur für sie tun. Sie lebten schon seit über fünfzig Jahren auf der Farm, eine Tatsache, die immer noch schwer für sie zu begreifen war. Von Gesprächen mit Brodey wusste sie, dass sie die Arbeit mit den Tieren liebten und die Gegend für sie perfekt war, da sie in den Wäldern herumrennen konnten.

„Nein."

Überrascht hob er seine Augenbrauen, also erklärte sie es ihm. „Was mich wirklich glücklich machen würde, wäre, etwas Zeit mit euch zu verbringen, damit wir zusammen herausfinden können, was für uns vier gut ist. Zeit, um alle Hunderegeln zu lernen, damit ich nichts falsch mache, und Zeit, um uns kennenzulernen. Um *Normalität* einkehren zu lassen. Ich möchte Frieden und Ruhe."

Er nickte.

Dann seufzte sie und kuschelte sich näher an ihn. „Ich bin ein Freak."

„Nein, bist du nicht."

„Ich bin der Freak! Ich meine, seien wir ehrlich, schau dir an, wie ich versucht habe, euch drei zu kontrollieren!"

Er rollte sich wieder auf sie. „Bring mich nicht dazu, dich dazu zu zwingen, dir deshalb keine Sorgen zu machen." Sein Ton und sein verspieltes Lächeln verrieten, dass er sie nur neckte.

„Vielleicht lasse ich dich dieses eine Mal davonkommen." Er küsste ihre Nasenspitze. „Vielleicht könntest du erotische Romane schreiben, und dich von unserem Leben inspirieren lassen. Verdient man mit solchen Büchern nicht viel Geld?"

Sie lachte. „So etwas kann auch nur dir einfallen."

„Nein, es klingt eher nach Brodey. Er hat seine Geilheit am wenigsten unter Kontrolle." Dann schob er ihr Oberteil wieder hoch, dieses Mal über ihren Kopf. Als er weitersprach, klang seine Stimme leise. „Ich möchte dich glücklich machen, Elain. Ich möchte mein Leben damit verbringen, dich zu lieben."

„Warum hast du versucht, dich umzubringen?"

Er wandte den Blick ab, doch sie hielt ihn am Kinn und zwang ihn, sie anzusehen. „Brodey hat erwähnt, dass ihr euch nicht gegenseitig anlügen könnt, und dass ihr mich jetzt auch nicht mehr anlügen könnt, weil wir zusammen sind."

Er seufzte. „Wenn ich gestorben wäre, hätte es deine Bindung zu mir gebrochen. Ich wollte, dass du glücklich bist."

„Wenn ich dich dazu bringe, mir etwas zu versprechen, musst du dich dann daran halten?" Er nickte.

„Versprich mir, dass du so etwas nie wieder tun wirst." „Das verspreche ich."

Sie zog ihn zu sich und küsste ihn, schlang ihre Arme um ihn. Dieses Mal überließ sie ihrer Leidenschaft die Kontrolle und nicht ihrem sturen Verstand. Ihr Körper reagierte auf seine Berührung, auf die Wärme seiner Hände, während er ihren Körper streichelte.

Als er ihre Hose öffnete, hob sie ihre Hüften, damit er sie mit ihrem Höschen über ihre Beine schieben konnte. Dann legte er seinen Mund auf ihren Schamhügel und berührte sanft ihre Klitoris.

Sie stöhnte.

Er küsse die Innenseiten ihrer Schenkel. „Es tut mir so leid, Baby." „Ich habe dir doch gesagt, dass du aufhören sollst, dich zu entschuldigen. Zumindest für jetzt." Er gluckste und liebkoste ihren Kitzler wieder mit seiner Zunge, entlockte ihr ein tiefes, zufriedenes Zischen. „Genau so", sagte sie. Dann schlang Ain seine Arme um ihre Schenkel, wobei er sie weiterhin mit den Händen an sein Gesicht drückte. Es dauerte nicht lange, bis sie kurz vor einem Orgasmus war. Seine Zunge bearbeitete gnadenlos ihren Kitzler, bis sie schließlich aufschrie und ihre Hüften gegen ihn drückte.

Dann legte er sich an ihre Seite und glitt in sei, um sie langsam ranzunehmen. Sie schlang ihr Bein um seines, eine Hand glitt um seine Hüfte, ihre Finger gruben sich in seinen Hintern.

Er stöhnte an ihrem Hals. „Wie wäre es, wenn ich einen Deal mit dir mache? Keinen Bullshit. Du gibst uns sechs Monate, um die Dinge auf meine Weise zu machen." Sie erstarrte und lehnte sich zurück, um ihn anzusehen. „Warte, was meinst du mit *auf deine Weise*?"

„Lass mich ausreden."

Sie entspannte sich etwas. „Mach weiter."

Er nahm seine langsamen Stöße wieder auf. „Gib uns sechs Monate. Du hast gesagt, dass du Ruhe und Frieden willst. Normalität. Wir könnten dir in diesen sechs Monaten beibringen, dich mental zu entspannen. Wenn du nach sechs Monaten wirklich wieder arbeiten willst, kannst du das. Und ich werde dich nicht daran hindern oder zulassen, dass Brod oder Cail dich davon abhalten."

„Wirklich?"

„Ja."

Sie sah ihn an. „Auch vor der Kamera?"

Er runzelte die Stirn. „Es wäre mir lieber, wenn du nicht vor der Kamera wärst, aber wenn du das willst, dann ja. Solange du dabei nicht in Gefahr bist, werde ich dich voll und ganz unterstützen."

Sie lächelte. „Das werde ich nicht, aber ich wollte deine Reaktion sehen." Sie drückte ihre Hüften gegen seine und genoss das Gefühl seines dicken Schwanzes in ihr. „Sechs Monate. Aber du hast mir nicht geantwortet, was du mit *auf deine Weise* meinst."

„Ich habe dir schon gesagt, dass ich dich nicht zum Bleiben zwingen werde."

„Und wo ist der Haken? Wirst du versuchen, mich zu schwängern?"

Er lächelte und küsste sie lang und innig. „Nein. Ich habe dir auch schon gesagt, dass ich das noch nicht will. Eines Tages, ja, vielleicht. Aber wir haben zu viele Jahre damit verbracht, dich zu suchen, um direkt mit schmutzigen Windeln und schlaflosen Nächten anzufangen. Wir drei freuen uns erst mal auf viel Zeit, um mit dir zu spielen."

„Das glaube ich dir. Aber müssen wir nicht früher oder später darüber nachdenken?"

„Warum?"

„Hallo, tick tock. Meine biologische Uhr."

Er grinste und rollte sich wieder auf sie. „Baby, das ist alles Teil des Pakets. Du hast durch unseren Bund sehr viel Zeit gewonnen."

„Jahre?"

„Mindestens Jahrzehnte." Er küsste sie erneut und stieß in sie hinein. „Ich schätze, ich werde einige dieser Jahre brauchen, um dein Vertrauen wieder komplett zurückzugewinnen." Er spürte immer noch ihren Widerwillen, ihre Wut.

Ihre Angst.

„Du gehst davon aus, dass ich nach sechs Monaten nicht wieder arbeiten gehen will, oder?"

„Wir werden dir zeigen, wie es wirklich ist, wie eine Prinzessin behandelt zu werden." Er küsste sie wieder. „Wir werden dich verwöhnen." Seine Lippen glitten ihren Hals hinab bis zu ihrer rechten Brust, wo er sanft mit seiner Zunge über ihre Brustwarze strich. „Wir werden alles in unserer Macht Stehende tun, um dich glücklich zu machen." Langsam küsste er über ihre Brust hinweg und nahm sich dann die andere Brustwarze vor. „Wir werden dir zeigen, wie sehr wir dich lieben."

Er küsste sie wieder. „Du kannst selbst entscheiden, ob du wirklich wieder arbeiten willst oder nicht. Du musst nie wieder arbeiten, wenn du nicht willst. Oder du könntest noch mal studieren. Du könntest noch einen Abschluss machen, und dann in einem ganz anderen Beruf arbeiten."

Durch die Lust, die er mit seinem riesigen Teil in ihr auslöste, und seinem Mund, der ihr den Rest gab, konnte sie kaum denken. Also sah sie ihn an und flüsterte: „Okay. Und keine Tricks?"

„Keine Tricks, Baby."

Sie packte seinen Kopf, vergrub ihre Finger in seinem Haar und drückte ihre Lippen auf seine. „Alles, was ich will?"

Er nickte und lächelte. „Wir haben ein großes Bankkonto."

Das brachte sie zum Lachen. „Zeig mir, wie sehr du mich liebst, Großer." Sofort packte er ihre Hüften und stieß zu, vergrub sich tief in ihr. Und als er kurz darauf kam, stöhnte er ihren Namen. Dann nahm er sie in seine Arme und rollte sich wieder neben sie, wobei er sie nicht losließ. „Ich liebe dich so sehr, Elain."

Sie schmiegte sich fest an ihn. „Ich werde dich an dieses Versprechen erinnern."

„Kein Problem."

KAPITEL NEUN

Elain hatte keine Lust, zum Abendessen auszugehen, also bestellte sie ihnen eine Pizza. Nachdem sie gegessen hatten, rief sie Cail und Brodey an. Diesmal sprachen die beiden Brüder etwas netter mit Ain. Mit großer Erleichterung erfuhren sie, dass die Ranch nur kleiner Schäden davongetragen hatte und keine Tiere gestorben oder schwer verletzt worden waren.

Elain ermahnte ihn, nicht zu lange mit ihnen zu reden, da sie wollte, dass er sich ausruhte. Es ging ihm schon besser, und die meisten Blutergüsse waren bereits verheilt. Der Rest war zu hässlichen braunen und grünen Flecken verblasst, von denen sie annahm, dass sie bis zum nächsten Nachmittag größtenteils verschwunden sein würden. Sie sprach mit Brodey, dann mit Cail, bevor sie sich verabschiedeten und schlafen gingen.

Am nächsten Morgen duschten sie miteinander und landeten danach wieder im Bett und dann wieder unter der Dusche. Elain war überrascht zu sehen, dass Ains Blutergüsse fast vollständig verheilt waren, noch schneller, als sie erwartet hatte.

„Hab' ich dir doch gesagt. Blutergüsse heilen normalerweise ziemlich schnell." Sie fuhr mit den Fingern über seine Haut, die noch vor Kurzem dunkelblau und lila gewesen war und nun völlig normal aussah. „Wird das bei mir auch irgendwann so?"

Er nahm sie wieder in seine Arme. „Baby, ich will nicht, dass du jemals in die Situation gerätst, in der wir das herausfinden würden. Ich würde jeden töten, der versucht, dich zu verletzen. Aber ja, Gefährten erlangen normalerweise eine gewisse Fähigkeit, schneller zu heilen."

Als sie von einem ausgedehnten, späten Frühstück ins Hotel zurückkehrten, wartete ein Paket an der Rezeption auf sie. Ains Geldbeutel. Er öffnete ihn kurz und steckte ihn dann in seine Jeans. „Jetzt kann *ich* wieder bezahlen."

Die Art, wie er es sagte, verursachte ein wohliges Gefühl in ihr. „Ist mein Geld etwa nicht gut genug?"

Er sah sie eindringlich an. „Welchen Teil von 'wie eine Prinzessin verwöhnen' hast du nicht verstanden, Baby?"

Sie lächelte. „Ich wurde noch nie so verwöhnt."

Daraufhin sah er sie voller Hingabe und Begehren an.

„Gewöhne dich besser gleich dran." Er beugte sich zu ihr, damit der Hotelangestellte ihn nicht hören konnte, und er flüsterte ihr ins Ohr: „Du hast drei Typen, die dich von vorne bis hinten verwöhnen und befriedigen werden."

Sie erschauderte auf angenehme Weise.

„Das hättest du mir auch im Kopf sagen können."

Er lächelte und strich mit federleichter Berührung über ihren Arm, wobei er einen weiteren Schauer auslöste. *„Das wäre nicht so effektiv gewesen."*

„Du willst mich doch nur wieder geil machen", flüsterte sie.

Seine Augen glitzerten amüsiert und er drückte seine Lippen auf die Stelle hinter ihrem Ohr, von der er herausgefunden hatte, dass es sie dahinschmelzen ließ. *„Lass uns* *zurück ins Zimmer gehen, unseren Flug buchen und dann zeige ich dir, wie geil ich dich machen kann."*

Sie schnappte nach Luft.

Zurück im Zimmer schlug sie die Tür hinter ihnen zu, drehte das Schloss herum und stürzte sich auf ihn. Er fing sie auf, seine Lippen verschlangen sie gierig, während sie auf das Bett fielen.

„Wie macht ihr das nur?", fragte Elain. „Ich habe das Gefühl, ich habe keine Selbstbeherrschung, wenn es um euch geht." Sie riss sich ihr Oberteil vom Körper und warf es auf den Boden.

Er lächelte. „Es ist unser Schicksal, zusammen zu sein, das habe ich dir doch schon gesagt." Dann rollte er sie herum, drückte sie auf die Matratze und schob seine Finger zwischen ihre. Er quälte sie, indem er ihre Brustwarzen mit seinen Lippen neckte. „Wenn ich ein Arschloch wäre, würde ich dich dazu zwingen, die ganze Zeit nackt herumzulaufen, damit ich dich haben kann, wann immer ich will. Ich kann meine Finger nicht von dir lassen."

„Das würdest du niemals tun!" Doch der Gedanke machte sie noch feuchter „Nein, würde ich nicht." Er hob den Kopf, sah sie an und lächelte dann. „Warum? Willst du, dass ich es tue?" Scherzhaft zog er eine Augenbraue hoch.

„Wer sagt, dass du mich dazu zwingen müsstest?" Sie versuchte, ihn erneut zu küssen, doch er blieb weiterhin außer Reichweite.

Als sie begann, sich gierig nach ihm zu winden, grinste er und ließ ihre Hände los. Sie half ihm, ihre Hose von ihren Hüften zu schieben und als er sein Gesicht endlich zwischen ihren Beinen vergrub, stöhnte sie. Dann sprachen sie nicht mehr, bis sie gekommen war. Danach zog er seine Hose aus und rollte sie auf den Bauch. Als er sie auf die Knie zog, erstarrte sie.

Doch er verstand ihre Körpersprache sofort „Nein", sagte

er leise und küsste sie auf den Rücken. „Nicht das, ich habe es damals ernst gemeint. Du musst das nie wieder tun, wenn du nicht willst."

Dann wartete er, bis sie sich entspannte, um in ihre Muschi zu gleiten. Er schmiegte seinen Körper eng von hinten an sie, schlag seine Arme um sie und stieß langsam und zu. Dabei küsste er ihren Nacken und die kleine Biss-spur, die er während der Zeremonie auf ihrer rechten Schulter hinterlassen hatte. Sie zitterte in seinen Armen, während er sanft mit den Zähnen über das Mal kratzte.

Dann zog Ain sie in eine sitzende Position an seine Brust und schob eine Hand zwischen ihre Beine. „Kannst du noch einmal für mich kommen?" Sie lehnte ihren Kopf an seine Schulter. „Ich ... weiß es nicht." Mit einem sanften Kniff begann er, ihren Kitzler zu streicheln. „Versuch es." Sie begann wieder zu zittern und er wusste, dass sie kurz vor davor war, zu kommen. Er spürte, wie sich ihre Muskeln um ihn zusammenzogen, hielt seinen anderen Arm fest um sie, drückte sie an sich, und rieb nun gnadenlos ihren Kitzler, um sie zum Orgasmus zu bringen.

„Tu es, Baby", flüsterte er an ihrem Hals. „Ich will spüren, wie du meinen Schwanz drückst."

Sie erschauderte und schrie voller Lust auf.

Dann wartete er einen Moment, bevor er sie zurück aufs Bett legte. Er packte ihre Hüften und stieß zu, um wenige Augenblicke später selbst zu kommen. Danach brachen sie beide auf dem Bett zusammen und er hielt sie fest in seinen Armen, immer noch in ihr.

Als ihr Handy klingelte, schreckten beide aus dem Schlaf. Da er näher dran war, griff er nach dem Handy und stöhnte, als er sah, dass es Brodey war. Er zog das Ladekabel heraus und nahm ab. „Was?" „Das sollte ich dich fragen, Prime Arschloch. Wann geht euer Flug?" Elain versuchte, nach dem Handy zu greifen, aber Ain nahm ihre Hand, führte sie an seine Lippen und küsste sie. „Wir haben noch nicht gebucht.“

„Was zur *Hölle*? Dein Scheiß ist vor über einer Stunde angekommen. Ich habe die Lieferbestätigung erhalten.“

Sie griff erneut nach dem Handy. Ain beugte sich vor und küsste sie, dann ließ er ein leises, warnendes Knurren von sich. „Wir wurden abgelenkt.“

„Oh, fick dich, wie schön für dich. Wir reißen uns hier den Arsch auf und du lässt dich währenddessen flachlegen.“

Ain wusste, dass sie Brodey am Telefon hören konnte, weil sie grinste. „Wir gehen bald zum Flughafen.“ „Spar dir den Scheiß. Du bringst sie nach Hause. Und zwar *sofort*.“

Er setzte sich auf. „*Was* hast du gerade zu mir gesagt?“

„Du hast mich schon verstanden. Du kannst deine scheiß Prime-Macht nicht einsetzen, nicht nach den letzten paar Tagen und dem, was du uns allen angetan hast.“

Als er gerade Luft holte, um zu antworten, spürte er Elains Hand, die ihn zwischen den Beinen packte, und zwar nicht gerade sanft. Sie streckte ihre andere Hand nach dem Handy aus.

Er wollte etwas sagen, doch dann sah er ihr in die Augen *„Sofort, Ain.“*

Seufzend gab er auf und gab ihr das Handy, da ihm klar war, dass er keine Chance hatte. Sie ließ ihn sofort los, drehte sich weg und ging zur Seite des Bettes. „Hallo, Schatz.“

„Da bist du ja. Was zur Hölle?“

„Wo bist du?“

„Ähm, Florida, Schatz.“

Sie unterdrückte ein Kichern. „Brod, Schatz, konzentriere dich. Bist du im Haus, draußen auf der Weide, wo?“

„Oh. Ich bin draußen in der nördlichen Scheune. Warum?“

„Wo ist Cail?“

„Er ist im Haus.“

„Dann lege ich jetzt auf, um bei ihm anzurufen. Wir rufen dich zurück, wenn wir die Flugdaten haben."

Das schien ihn zu besänftigen. „Okay. Macht dir der Prime-Schwanz Ärger?"

„Ich hab' ihn unter Kontrolle, Süßer." Dann legte sie auf und ging ein paar Meter von Ain weg, um nicht in seiner Reichweite zu sein. Sie war sich seines Blickes auf ihr sehr wohl bewusst, während sie Cail anrief.

„Baby, bist du schon auf dem Rückweg?"

„Nein Schatz, könntest du uns einen Flug suchen?"

Ain saß da, während sie Cail ihre Flugreservierungen machen ließ. Sie reichte Ain seinen Geldbeutel und er nahm seine Kreditkarte heraus, damit sie damit bezahlen konnte. Cail hatte einen Flug gefunden, der um sieben an diesem Abend abflog, was ihnen genügend Zeit gab, um nach Richmond zurückzukehren.

ZEHN MINUTEN SPÄTER LEGTE SIE AUF UND RIEF BRODEY ZURÜCK. Danach hängte sie das Handy wieder an das Ladekabel und gab Ain die Karte zurück. Sie kletterte zurück aufs Bett und setzte sich mit gespreizten Beinen auf ihn.

„Hör zu. Du hast sie wirklich sauer gemacht, Kumpel. Und du hast ihre Gefühle verletzt. Ganz zu schweigen davon, dass du ihnen einen Todesschreck eingejagt hast. Also fang jetzt keinen Streit mit ihnen an."

Ains Drang, seinen Prime-Status wiederherzustellen, war das Gegenteil von dem, was sein Herz und sein Verstand für richtig hielten. „Er hatte kein Recht, so mit mir zu reden."

Sie küsste ihn auf die Nasenspitze und kletterte aus dem Bett, bevor er sie wieder geil machen konnte. „Doch, hatte er. Du hast dich wie ein Arschloch benommen …"

Sie sah ihn an. „Du hast Scheiße gebaut."

Er starrte einen Moment lang ins Leere, dann lachte er. „Danke schön.“

„Du willst mir doch nicht den Hintern versohlen, weil ich geflucht habe, oder? Denn das ist Bullshit.“

Er stand auf und umarmte sie. „Du hast mir versprochen, sechs Monate lang die Dinge auf meine Weise zu tun.“

„Und du hast mir einen freundlicheren, verständnisvolleren Prime versprochen.“

Er grinste und schob sie in Richtung Badezimmer. „Lass uns duschen und uns dann auf den Weg machen, damit wir nach Hause gehen können. Ich muss vieles wiedergutmachen.“

* * *

AIN NAHM DIE MIETWAGENSCHLÜSSEL UND HIELT IHR DIE BEIFAHRERTÜR AUF, nachdem er das wenige, was sie hatten, in den Wagen geladen hatte.

Es gefiel ihr tatsächlich, wie eine Prinzessin behandelt zu werden.

Sie navigierte ihn zum Flughafen und sie hatten genug Zeit, dort in einem Restaurant zu Abend zu essen, bevor sie sich auf den Weg zum Gate machen mussten.

„Du darfst nicht vergessen“, sagte sie mit leiser Stimme, „ich kenne euch nicht. Zumindest nicht wirklich. Ich liebe euch, aber ich kenne euch nicht, und ihr kennt mich auch nicht.“

Er griff über den Tisch nach ihrer Hand und schob seine Finger zwischen ihre. „Ich liebe dich. Das ist alles, was ich wissen muss.“

„Die meisten Frauen würden wahrscheinlich wegrennen, weil es einfach zu viel ist. Das solltest du mir anrechnen.“ Er lächelte. „Du hast unseren wahren Kern gesehen, und wir deinen." „Das ist so viel mehr als äußere Merkmale oder viel voneinander zu wissen."

„Es ist Magie." Er küsste ihre Hand und zwinkerte ihr zu.

Verdammt, es wäre ihr lieber, er würde nicht so charmant sein, da sie jetzt nur wieder mit ihm ins Bett wollte.

Schon wieder.

Zum Glück kam in diesem Moment ihr Essen. Während sie aßen, kam ihr ein Gedanke, und sie grinste.

Er bemerkte es. „Was?"

Sie lehnte sich zurück und verschränkte triumphierend ihre Arme vor der Brust. „Du würdest alles tun, um mich glücklich zu machen, oder?"

Er erstarrte, spürte, dass es eine Falle war und hielt seine Gabel auf halbem Weg zum Mund in der Luft. „Ja?" Ihr Lächeln breitete sich nun über ihr ganzes Gesicht aus. „Egal was?"

Er legte seine Gabel ab. „Kommt darauf an."

„Nö, du musst schon zustimmen."

„Das ist nicht–"

Sie funkelte ihn an und ließ ein leises, tiefes Knurren von sich.

Es überraschte sie selbst, fühlte sich aber instinktiv richtig an. Vielleicht war das ein weiterer Effekt ihrer Paarung.

Er hob eine Augenbraue. „Ich schlage vor, du machst einen Rückzieher", sagte er leise, aber die Kraft hinter seinem Blick passte nicht zu seinem Ton. Sie sah ihn mit zusammengekniffenen Augen an. „Also?"

„Sag mir zuerst, wovon du redest, dann sage ich dir, ob ich damit einverstanden bin oder nicht."

„Es hat nichts mit meinem Job zu tun."

Er sah sie fragend an und sagte schließlich: „Also gut. Was ist es?"

„Du musst mit schottischem Akzent mit mir reden."

Er schloss die Augen und stöhnte. „Baby, bitte nicht."

„Brodey macht es auch für mich." Das war ein billiges Argument, und sie wusste es. Er verdrehte die Augen, senkte seine Stimme und fragte dann mit perfektem, schottischem Akzent: „Und was soll ich sagen, Mädel?"

Sie schluckte. Verdammt, er klang so sexy! „Einfach … irgendwas", keuchte sie.

Ein verspieltes Lächeln huschte über sein Gesicht. Dafür würde er eine Belohnung von ihr bekommen, das wusste er. „Und was genau brrringt es dir, dass ich so rrede?"

Sie schloss die Augen und atmete tief durch. „Wenn du so weiter redest, muss ich dich im Flugzeugklo vögeln."

Er lehnte sich zurück und nahm einen Schluck von seinem Eistee. „Dann darrf ich dich jetzt nicht enttäuschen, oder?"

ain hatte es geschafft, Elain davon abzuhalten, ihn im Flugzeug in die Toilette zu zerren. Zurück in Tampa International nahm er ihr die Autoschlüssel ab und trug ihre Taschen, hielt ihr die Beifahrertür auf und sprach dabei weiterhin mit seinem schottischen Akzent.

Im Auto beugte sie sich zu ihm und küsste ihn leidenschaftlich. „Ich weiß, das ist dumm, aber ich kann nicht anders. Ich liebe es, wie ihr euch anhört, wenn ihr so redet."

Ohne Akzent antwortete er: „Ich kann nicht die ganze Zeit so reden, Süße."

„Warum nicht? Ihr seid in Schottland aufgewachsen."

„Weil wir ein Image zu wahren haben. Jeder kennt uns in Arcadia. Wenn wir allein sind, okay, kein Problem." Er streichelte sanft ihre Wange. „Außerdem solltest du dich nicht zu sehr daran gewöhnen, damit es nicht seinen Reiz verliert."

„Wenn ihr in einem Kilt herumlauft und wie bei Braveheart redet, wird es nie seinen Reiz verlieren."

Er lachte, fuhr los und sprach mit Akzent weiter. „Es kann ja nicht schaden, ein bisschen so für dich zu rrreden."

Sie seufzte zufrieden.

Es war kurz nach Mitternacht, als sie bei der Ranch ankamen. Die Lichter auf der Veranda waren an und beleuchteten den Weg zum Haus. Brodey und Cail kamen sofort aus der Tür gestürmt, als sie das Auto hörten.

Die beiden Brüder umringten sie zuerst, umarmten und küssten sie. Dann sprang Brodey um das Auto herum und packte Ain, der gerade ausstieg. Elain schrie auf, doch Cail packte sie an der Hüfte und hielt sie fest.

„Nein, Süße", murmelte er ihr ins Ohr. „Lass sie machen. In ein paar Minuten ist es vorbei."

Elain schnappte nach Luft, während die beiden sich auf dem Gras herumwälzten, sich gegenseitig schlugen und knurrten, obwohl sie nicht verwandelt waren.

„Sie werden sich noch verletzen!"

„Nein, das werden sie nicht. Du musst sie machen lassen." Seine Stimme wurde hart und kalt. „Danach bin ich dran."

Die Brüder kämpften über fünf Minuten lang, und als Brodey einen gequälten Schrei von sich gab, schrie Elain auf. Ain kniete über ihm, seine Hand an Brodeys Hals.

Dann hob Brodey eine Hand, und Ain ließ ihn los, stand auf und wandte sich dann Cail zu.

Cail stieß ein Knurren aus. Bevor sie nach ihm greifen konnte, ließ er sie los und stürzte sich über die Motorhaube des Autos auf Ain, um ihn anzugreifen. Elain versuchte, hinter ihm herzurennen, aber Brodey, der aufgesprungen und aus dem Weg gegangen war, fing sie ab. Er hatte eine aufgeplatzte Lippe und würde sicher ein blaues Auge bekommen.

„Lass es, Baby", warnte er sie, während sie schrie und versuchte, sich freizukämpfen. Er schlang seine Arme um sie und drückte ihre Arme an ihren Körper, hielt sie so fest, dass sie sich nicht befreien konnte.

„Hör auf!", schrie sie. „Cail, lass ihn in Ruhe!"

„Es ist okay", versicherte ihr Brodey. „Das ist normal."

Die beiden Männer rauften weiter, Cail hielt länger durch als Brodey, aber nicht viel. Als Ain ihn ebenfalls auf den Boden drückte, hob Cail seine Hand und Ain ließ ihn sofort los und stand auf. Dann reichte er seinem Bruder die Hand und half ihm vom Boden.

Elain beobachtete verblüfft, wie sich die beiden Männer umarmten.

„Du bist ein verdammtes Arschloch, Ain", sagte Cail und klopfte ihm auf den Rücken. „Du schuldest mir verdammt noch mal drei Tage Schlaf."

Ain sah schlimmer aus als die beiden anderen Männer und als er ausspucken, war die Spucke blutroter. „Ja, ich weiß. Es tut mir leid." Brodey ließ Elain endlich los und umarmte Ain ebenfalls. „Ich werde dir dafür irgendwann in den Arsch treten."

„Nicht in absehbarer Zeit."

Elain stand da, ihr Herz hämmerte, ihr Körper zitterte. „Was zum Teufel war das?", schrie sie.

Die Männer drehten sich zu ihr um, Ain lächelte und zog sie sanft an sich. „Ist schon okay, Schatz. Ich habe damit gerechnet. Und ich habe es verdient. Es tut mir leid, dass ich dich nicht gewarnt habe, aber ich wusste irgendwie, dass das passieren würde."

Sie riss sich von ihm los und schubste erst Brodey, dann Cail. „Was zum Teufel sollte das gerade?"

Brodey hielt ihre Hände fest. „Schatz, es ist …" Er sah Cail an. „Hilf mir mal."

„Es ist ein Gestaltwandler-Ding. Rangordnung und so. Wir wissen ganz genau, dass wir ihm nicht wirklich etwas antun können, aber er muss auch verstehen, wie sauer wir sind." Ain drehte sie sanft zu ihm um. Trotz der spärlichen

Beleuchtung sah sie, dass er einen tiefen Kratzer auf seiner Wange hatte. „Es ist in Ordnung", sagte er. „Ernsthaft." Dann nahm er sie in die Arme und streichelte ihren Rücken.

„Du hast mir sechs Monate versprochen, in denen wir die Dinge auf unsere Weise regeln dürfen, erinnerst du dich?"

„Du hast nichts davon gesagt, dass ihr euch gegenseitig verprügeln werdet!", schluchzte sie. „Werdet ihr das auch mit mir tun?"

„Nein!", riefen sie alle gleichzeitig und klangen gleichermaßen entsetzt.

„Das würden wir niemals tun", sagte Ain. „Sie waren zu Recht wütend auf mich und ..." Er zuckte mit den Schultern. „So regeln wir das immer." „Nicht immer", fügte Cail hinzu. „Ich glaube, wir haben uns seit über fünf Jahren nicht mehr geprügelt."

„Mindestens", sagte Brodey.

„Bis morgen Mittag ist das wieder geheilt", fügte Ain hinzu. „Es ist okay." Er nahm sie in seine Arme und trug sie ins Haus, während Brodey und Cail ihre Sachen aus dem Auto holten.

Dann setzte er sie auf ihr Bett, aber als sie im Schlafzimmerlicht sah, wie mitgenommen sein Gesicht aussah, schnappte sie entsetzt nach Luft. Er wollte sie am Aufstehen hindern, doch sie knurrte ihn an.

„Das muss ich säubern." Sie wollte gerade ins Badezimmer gehen, als Cail und Brodey in der Tür erschien. „Setzt euch aufs Bett, damit ich euch auch versorgen kann, ihr Arschlöcher", knurrte sie.

Die Männer tauschten einen Blick aus, und setzten sich dann wortlos hin. Ain sah ihr nach, wie sie ins Badezimmer ging. „Ich glaube, sie steht kurz vor ihrer Periode ..."

„Das habe ich gehört!", rief sie aus dem Badezimmer.

Die Männer verstummten.

Einen Moment später kam sie mit einem Erste-Hilfe-Kasten zurück und säuberte ihre Verletzungen, legte einen Schmetterlingsverband auf Ains Schnitt und tupfte antiseptische Salbe auf ihre Wunden. Als sie fertig war, trat sie zurück und sah die drei an, die mit verschränkten Armen vor ihr saßen.

„Sind wir für heute Abend mit dem Bullshit fertig?", fragte sie.

Alle nickten.

Sie zeigte mit dem Finger auf sie. „Eine verfi– verfluchte Vorwarnung wäre nett gewesen! Ich will so etwas nicht sehen." Sie ignorierte Ains amüsiertes Lächeln. „Ihr habt eure Regeln? Dann ist das hier meine. Wenn ihr mich wirklich glücklich machen wollt, dann macht so etwas nie wieder vor mir. Und warnt mich bitte."

„Okay, aber du kannst nicht zwischen uns gehen, wenn wir miteinander kämpfen. Du könntest verletzt werden", sagte Ain.

Sie funkelte sie an. „Woher weißt du, dass ich nicht einem von euch wehtun könnte?" Die Männer tauschten amüsierte Blicke aus und versuchten offensichtlich, nicht loszulachen. „Ich glaube nicht, dass du uns wehtun könntest, Baby", sagte Ain. Er stand auf und streckte die Hand nach ihr aus, doch fand sich einen Augenblick später mit dem Gesicht nach unten auf dem Boden wieder, einen Arm auf dem Rücken und ihr Knie in seinem Kreuz.

Sie beugte sich vor. „Denk noch mal nach", knurrte sie.

Brodey räusperte sich. „Ähm, ich habe vergessen zu erwähnen, dass ich bei ihrer Mutter im Wohnzimmer ein Foto von ihr gesehen habe, auf dem sie einen schwarzen Gürtel überreicht bekommt." Sie ließ Ain aufstehen. „Karate, Wing Chun und schwarzer Gürtel zweiten Grades im Judo."

Verblüfft starrte Ain sie an. „Du hast mich auf den Boden gebracht!" Sie grinste und hob eine Augenbraue. „Yep, und es war einfach." Sie drehte sich zum Schrank um, um sich auszuziehen, doch plötzlich ließ Cail einen Schrei von sich. Sie drehte sich um, fing Ains Angriff ab und nutzte seinen Schwung, um ihn zu schleudern, sodass er mit voller Wucht an der Schlafzimmerwand landete.

Sogar ihre Reflexe fühlten sich seit der Zeremonie schneller an. Sie hatte seine Kleider rascheln gehört, als er aufgesprungen war.

Als Ain sich langsam wieder vom Boden erhob, hatte er einen seltsamen Ausdruck im Gesicht und sie war sich nicht sicher, ob es ihr gefiel.

Hinter ihr erhoben sich Cail und Brodey vom Bett.

Cail klang plötzlich nervös. „Ain, *nicht*. Bitte."

„Halte dich zurück", fügte Brodey hinzu. „Ain, *bitte*."

Ains graue Augen hatten sich verdunkelt, seine Lippen war zu einer schmalen Linie zusammengepresst und für einen kurzen Moment bekam sie Angst. War sie zu weit gegangen? Auch Brodey klang nervös. „Alter, bitte. Tu das nicht. Beruhige dich. Sie wusste nicht …"

„Nein, das müssen wir regeln. *Sofort*." Sie mochte den tiefen, knurrenden Unterton in Ains Stimme nicht. Ain zog sein Hemd über den Kopf und zeigte dann mit dem Finger auf sie. „Du bist meine Gefährtin! Du wirst dich unterwerfen!"

Augenblicklich stieg rasende Wut in ihr auf und überwältigte ihren gesunden Menschenverstand. Von irgendwo tief in ihr stieg eine uralte Macht auf, unaufhaltsam. „*Fick* dich!", schrie sie. Er griff sie erneut an – und sie warf ihn gegen die Wand.

Mit voller Wucht.

Dann rannte sie zur Schlafzimmertür, als er sich auf sie stürzte, riss sie sich los. Sie hörte, wie Brodey und Cail sie und Ain anschrien, dann gab es ein Gerangel hinter ihr. Als sie die Haustür gerade erreicht hatte, merkte sie, dass sie ihre

Autoschlüssel nicht bei sich hatte. Sie hatte keine Angst, dass Ain ihr wehtun könnte, aber er war komplett außer Kontrolle, und sie wusste instinktiv, dass es viel klüger war, sich von ihm fernzuhalten, bis er sich ein wenig beruhigt hatte.

Der Prime war *angepisst*.

Seltsamerweise wollte ein Teil von ihr ihn zwingen, sich ihr zu unterwerfen. Und gleichzeitig gab es eine Stimme ganz tief in ihr, die sich ihm fügen wollte, seinen harten Schwanz in sich spüren wollte.

Dieser Gedanke reichte aus, um ihre Schritte ins Stocken zu bringen, aber das Geräusch der Männer hinter ihr spornte sie wieder an. „Elan! Komm *sofort* zurück!", brüllte Ain. Es war kein Erlass, also würde sie sich auch sicher nicht daran halten.

Sie konnte die Schritte von Cail und Brodey von denen von Ain unterscheiden, wusste, ohne sich umzusehen, dass er ihnen einige Schritte voraus war.

Woher sie das wusste, konnte sie nicht sagen.

Sie hoffte, dass er sich nicht verwandeln würde, denn sonst konnte sie ihm auf keinen Fall entkommen. Ihr Lauftraining von früher kam ihr wieder in den Sinn und sie steigerte ihr Tempo und rannte blindlings den Weg vom Haus in den Wald. Es würde nur einen kleinen Abstand brauchen, eine Chance für Brodey und Cail, ihn zu fangen und festzuhalten, und sie würde entkommen können.

Cail hatte das offenbar auch verstanden, denn er schrie in ihrem Kopf: *„Lauf besser, Baby. Wir können ihn so nicht aufhalten."*

Sie schnappte nach Luft und sprang über einen umgestürzten Baum. Dann hörte sie, wie Ain stolperte und mit einem lauten Schlag und einem wütenden Heulen hinter ihr zu Boden fiel. Das gab ihr Hoffnung. Sie wusste, dass sie ihn nicht abhalten konnte, da er sie durch ihren Geruch finden konnte.

„Welche Richtung, Brodey?"

„Nach rechts. Geh zurück zum Haus und schließ dich in einem der Gästezimmer ein. Das könnte ihn etwas bremsen. Wenn er dich erwischt, können wir ihn nicht aufhalten. Er wird dir nichts tun, aber vertrau mir, er wird dich auf jeden Fall dazu bringen, dich zu unterwerfen."

Sie kicherte, während sie nach rechts bog, wo sich der Weg teilte. Das schwache Mondlicht reichte gerade aus, um den Weg zu sehen. Oder vielleicht waren es ihre Augen, die neuerdings dermaßen gut funktionierten.

Cail erklang wieder in ihrem Kopf. „Er ist immer noch im Prime-Alpha-Kampfmodus, Baby. Seine Instinkte wurden aktiviert, weil du weggerannt bist. Sein Gehirn läuft gerade nicht auf normalem Modus. Das nächste Mal tu uns allen einen Gefallen und stachel ihn bitte nicht so an."

Sie hatte weder die Energie noch die Konzentration, um darauf zu reagieren, da sie zu sehr darauf bedacht war, Ästen auszuweichen und den Weg nicht zu verlieren. Sie schätzte, dass die Männer etwa fünfzehn Meter hinter ihr waren. Als sie aus dem Wald kam, hatte sie weitere fünfzehn Meter gewonnen. Sie sprintete über den Rasen und wusste, dass sie es zum Haus schaffen würde, doch da stolperte sie über den Schlauch. Die dunkelgrüne Farbe war im Gras nicht zu sehen gewesen und nun lag sie flach auf dem Boden.

Keuchend rappelte sie sich auf und versuchte, das Haus zu erreichen, doch da traf Ains Körper sie schon mit voller Wucht, warf sie zu Boden und schleuderte beide über das Gras.

Brodey und Cail schrien Ain an, blieben aber zurück. Jetzt stieg doch die Angst in ihr auf.

Und gleichzeitig … ein Anflug von Vorfreude, wie sie mit Entsetzen feststellte.

Er drehte sie um und sah sie mit glasigen Augen an.

Brodey sprach jetzt laut. „Entspann dich einfach, Baby." „Wehr dich nicht gegen ihn. Wenn wir versuchen, uns einzumischen, wird er uns in Stücke reißen und dann wieder hinter dir her sein."

„Unterwerfe dich!", knurrte Ain.

Sie zwang ihren Körper, stillzuhalten, wehrte sich aber instinktiv gegen ihn. Er drückte ihre Arme über ihrem Kopf auf den Boden und legte seinen Körper flach auf ihren.

„Unterwerfe dich!" Sie spürte, wie sein harter Schwanz durch seine Jeans gegen ihren Oberschenkel drückte.

Doch ihr kam eine Idee und sie stieß mit dem Kopf gegen seinen, was ihn vor Schmerz aufheulen ließ.

Elain registrierte vage Cails amüsiertes Lachen, während Ain von ihr rollte und sich an die Nase fasste, während sie wieder auf die Beine kam.

„Oh, Schatz, das hättest du nicht tun sollen", sagte Cail. „Du hattest die Chance, ihn zu beruhigen. Das hat ihn erst richtig sauer gemacht." Diesmal schaffte sie es bis zur Hintertür, stieß sie auf und rannte in das erste Gästezimmer. Sie schloss die Tür hinter sich ab, gerade als Ain ins Haus gestürmt kam und vor Wut heulte. Schwer atmend sah sie sich im Raum um und suchte nach irgendetwas, womit sie die Tür blockieren konnte. Sie war alt und schwer, würde aber nicht lange halten. Sie hörte, wie Brodey und Cail ihn auf der anderen Seite anflehten und versuchten, ihn zur Ruhe zu bringen. Dann entdeckte sie das Fenster.

Sie schob die kleine Kommode vor die Tür, während Ain erneut dagegen schlug und sie in ihren Angeln knackte. Elain öffnete leise das Fenster und zerriss das Fliegengitter. Sie ließ sich mühelos in die niedrigen Hibiskusbüsche hinab und sprintete dann in Richtung der Scheune. Vielleicht könnte sie auf den Dachboden klettern und sich dort für ein paar Stunden verstecken, bis Ain sich beruhigt hatte.

Ihr Herz raste und hämmerte, während sie versuchte, sich zu beruhigen.

Doch in ihrem Bauch ging noch etwas anderes vor.

Die Angst war verschwunden. Sie wusste, dass er sie irgendwann erwischen würde, und sie ging davon aus, dass er sie dann hart und gut rannehmen würde, selbst wenn er sich bis dahin beruhigt hatte.

Was sie schockierte, war, wie sehr sie genau das wollte. Es wäre einfach, sich umzudrehen, aufzugeben, Ain seinen Willen zu lassen und sich zu beruhigen.

Aber sie wollte nicht einfach aufgeben.

Das hier machte ihr …

Spaß.

Sie grinste und unterdrückte ein Lachen. Es war, als *wollte* sie, dass er sie jagte. Sie wollte versuchen, es morgen früh mit ihm zu klären, wenn sie aus dem Land des Wahnsinns zurückgekehrt waren. Ihr war klar, dass Ain sie wahrscheinlich schon erwischt hätte, wenn er nicht erst vor ein paar Tage angefahren und dann von seinen Brüdern verprügelt worden wäre.

Sie war fünfzig Meter vom Haus entfernt, fast bei zur Scheune, als sie ein Krachen hörte, und Ain durch die Tür brach. Er würde das Fenster sehen und –

„ELAIN!", brüllte Ain.

Sie hörte, wie Brodey und Cail beide sagten: „Oh, Scheiße."

Ihr Grinsen wurde noch breiter, als sie die Scheune erreichte. Dort sprang sie auf einen Heuballen und benutzte ihn, um zur Leiter zu springen, die zum Dachboden führte. Sie erwischte die sechste Sprosse und wusste instinktiv, dass es ihm so schwerer fallen würde, ihren Geruch aufzuspüren. Als sie oben ankam, arbeitete sie sich leise durch Stapel von Kisten und anderen Gegenständen, die dort oben gelagert wurden, und kauerte sich dann in eine hintere Ecke.

Es war wichtig, jetzt ganz leise zu sein. Sie atmete durch den Mund und zwang ihren Herzschlag, sich zu verlangsamen, während sie lauschte und wartete.

Ain klang wütend und schrie ihren Namen, während er über den Hof rannte. Er zögerte und sie spürte, wie er stehen blieb. Dann rannte er wieder los und folgte ihrer alten Spur bis in den Wald.

Sie konnte auch spüren, dass Cail bei ihm war, während Brodey zögerte. *„Baby?"*

Sie wusste nicht, ob sie ihm antworten sollte und hoffte, dass die anderen beiden es nicht hören konnten, wenn sie nur mit einem von ihnen sprach. *„Ja?"*

„Bist du in Sicherheit?"

„Für ein paar Minuten, glaube ich."

Brodey lachte in Gedanken. *„Verdammt, Mädchen. Du musst diesen Fick wirklich wollen."* Sie kicherte. *„Was zum Teufel stimmt nicht mit mir?"*

„Ich weiß es nicht. Das fragst du mich? Denk daran, er wird dir nicht wehtun, aber er könnte dich zu Tode erschrecken, wenn er dich erwischt, bevor er sich beruhigt hat."

„Okay."

„Er nähert sich dem Teich. Wie weit willst du dieses Spiel noch treiben?" Sie fühlte sich fast berauscht von dem Adrenalinschub. *„Ich weiß es nicht. Ich weiß nicht, warum ich das tue!"*

„Cail und ich können dir nicht helfen, wenn er dich erwischt. Nichts Persönliches. Wenn das zwischen einem von uns und dir wäre, würde er auch nicht eingreifen."

Die Vorstellung, dass sie die anderen beiden auch dazu bringen könnte, sie zu jagen, brachte sie fast zu einem Orgasmus.

Verdammte Scheiße!

Nach einer Minute erklang Brodey wieder in ihrem Kopf. *„Er ist auf dem Weg zu den nördlichen Scheunen. Was hast du vor?"*

Sie schämte sich und war gleichzeitig erregt, als sie merkte, dass ihr Höschen durchnässt war. *„Ich will besinnungslos gevögelt werden."*

„Das kannst du vergessen."

„Warum?"

„Weil du ihn angestachelt hast und er dich erst dazu bringen muss, dich zu unterwerfen, vorher kann das Leben auf der Farm nicht weitergehen. Verdammt, Süße, ich habe niemanden mehr so gesehen, seit ..." Er beendete den Satz nicht.

Sie kletterte die Leiter hinunter und kam zu ihm ans Scheunentor. „Seit wann?", flüsterte sie.

Er sah nach unten. „Ach, nichts. Es spielt keine Rolle."

Was Brodey nicht sagen wollte, war, dass sie sich wie eine ihrer Cousinen benahm, eine Gestaltwandlerin.

Eine Alpha-Frau.

Ein männlicher Alpha hatte sie zu seiner Frau machen wollen, doch sie war nicht an ihm interessiert gewesen. Und diese Verfolgungsjagd gerade erinnerte ihn an die Nacht ihrer Zeremonie.

Am Ende hatte er sie aber erwischt, und sie waren jetzt seit über siebzig Jahren glücklich zusammen.

„Komm schon. Geh zurück zum Haus, Baby", flüsterte er. „Geh in die Dusche, beruhige dich etwas und warte einfach im Bett auf ihn." Elain dachte darüber nach. Der Vorschlag, sich kampflos zu unterwerfen, war rational und logisch.

Aber die Vorstellung, sich noch eine Weile zu sträuben, ließ Elains Klitoris pochen. „Nein."

Brodey sah sie überrascht an. „Was meinst du mit Nein?"

Ihre Augen verengten sich und ihre Nasenflügel bebten. „NEIN!"

Geschockt schob Brodey seinen eigenen Alpha-Drang beiseite, sie zu bezwingen. *Scheiße!* Was zum *Teufel* war in sie gefahren?

„Baby, das ist ein gefährliches Spiel, das du da spielst",

knurrte er. „Du hast gesagt, er würde mir nichts tun, wenn er mich erwischt."

„Ja, aber jetzt ist er komplett außer Kontrolle. Es wird ihm sicher am nächsten Morgen leid tun, sollte er dir wehtut, aber er kann sich jetzt nicht mehr beherrschen oder davon abhalten, dir wehzutun."

Sie schlang ihre Arme um ihn und küsste ihn. Er versuchte, sich von ihr zu lösen und hatte schließlich Erfolg. „Ich meine es ernst, Elaine! Du musst sofort mit dieser Scheiße aufhören! Wenn du gevögelt werden willst, geh ins Haus und warte. Ich besorge es dir gerne, wenn er fertig ist, aber er hat Vorrang. Das hast du dir selbst eingebrockt."

Sie schubste ihn mit voller Kraft und er fiel rückwärts auf den Boden. Als er sich wieder hochzog, musste er seinen Alpha zügeln.

„Was willst du jetzt tun, Brodey?", knurrte sie. Aber er sah nicht nur sauer aus.

Er sah …

Scheiße!

Elain betrachtete Brodeys Gesicht. Was zum Teufel war in sie gefahren? An Brodeys zornerfülltem Blick konnte Elain erkennen, dass sie ihn richtig wütend gemacht hatte. Es war, als ob ein Außerirdischer die Führung in ihrem Gehirn übernommen hätte und alle Vernunft aus ihr gewichen wäre.

„Provozier' mich nicht, Baby", knurrte er leise.

„Warum? Was willst du dagegen tun?" Sie stieß ihn direkt in die Mitte seiner Brust.

Er verlor die Kontrolle und sie machte sich nicht die Mühe, ihr Lächeln zu verbergen, während sie seiner Hand auswich und zum Haus rannte. *Ja!*

Was zur Hölle?

Ja!

Sie gab es auf, sich selbst zu verstehen. Das euphorische

Gefühl war wieder da. Er würde ihr nicht mehr wehtun als Ain.

Aber die Jagd … ahhh, die Jagd!

„Komm zurück!", knurrte er.

„Nö!" Sie unterdrückte ein Kichern, während sie rannte, und wusste, dass er sie nicht einholen konnte, dass er nicht ganz so schnell war wie sie und immer noch von der Schlägerei mit Ain beeinträchtigt war.

Sie wusste nicht, wohin sie rennen wollte, hatte aber sofort eine Idee. Sie sprintete zu ihrem Auto, sprang darauf, schlitterte über die Motorhaube und landete auf der anderen Seite auf dem Boden.

„Komm sofort zurück, Elain!"

„Hol mich doch, Brodey!" Durch das Manöver hatte sie ein paar Meter gewonnen. Sie wusste nicht, wo Ain und Cail waren.

Doch als sie um die Rückseite des Hauses rannte, stieß sie fast mit Cail zusammen. Sie packte ihn und drehte ihn herum. Als er fast mit Brodey zusammenstieß, verwandelte sich seine Überraschung in Wut.

„Was zur Hölle ist los mit dir, Brodey?", schrie er. Doch Brodey stürzte sich erneut auf sie. Sie lachte. „Ha! Fang mich doch!" Sie drehte sich um und rannte los, versuchte herauszufinden, wo Ain war.

Und wie sie Cail auch noch anstacheln könnte. Aber warum?

Sie hatte keine Zeit darüber nachzudenken, wie idiotisch das alles war, da es sie zu sehr erregte.

Adrenalin und Verlangen strömten durch ihren Körper. Die Welt sah trotz der Dunkelheit des abnehmenden Mondes unglaublich hell aus, jedes Geräusch und jeder Geruch war plötzlich intensiver.

Sie zögerte am Ende des Hauses und blickte zurück. Cail hatte alle Hände voll zu tun, um Brodey zurückzuhalten, der jetzt mit wildem Blick in ihre Richtung sah. „Baby, was zum Teufel ist in dich gefahren?", rief Cail. „Beweg deinen Arsch hier rüber!"

Die Antwort sprudelte aus den Tiefen ihrer Seele, bevor sie sie stoppen konnte. „Du musst mich schon zwingen!"

Cail erstarrte. „Was?"

Sie ging in die Hocke. „Du hast mich schon verstanden", knurrte sie. „Zwing mich."

Cail sah fassungslos aus. „Elan? Geht es dir gut?"

„Schlappschwanz. Wetten, dass du mich auch nicht fangen kannst. Verdammtes langsames Arschloch." Sie wartete nicht, um zu sehen, ob es funktioniert hatte, sondern rannte wieder los.

Der Klang von Cails wütendem Gebrüll, während er und Brodey nun beide die Verfolgungsjagd aufnahmen, löste eine Welle der Lust zwischen ihren Beinen aus. Sie konzentrierte sich einen Moment, um Ain aufzuspüren. Er war auf dem Rückweg von der nördlichen Weide und würde in einer Minute da sein. Und dann …

Sie machte sich nicht die Mühe, ihr wahnsinniges Lachen zurückzuhalten. Dann würde sie den Fick ihres Lebens bekommen.

Oh, Gott, ich muss verrückt geworden sein!

Doch es war ihr egal.

Sie rannte um das Haus und ging zur Vordertür, schlug sie hinter sich zu und schloss ab. Das würde sie bremsen. Doch als sie sich umdrehte, schrie sie auf. Ain stand direkt vor ihr.

Seine Augen waren weit aufgerissen und glasig. Er packte ihre Handgelenke und als sie versuchte, sich zu befreien, schlang er seine Arme um sie. Sie fing an, mit ihm zu rangeln, als das Geräusch von Brodey und Cail, die gegen die Haustür schlugen, sie erschreckte. Sie zuckte zusammen und verschaffte Ain damit genau den Vorteil, den er gebraucht hatte, um sie hochzuheben.

Auf der anderen Seite der Tür knurrten Brodey und Cail und trommelten mit den Fäusten auf das Holz ein. Ain hielt sie fest auf seinem Arm, während er zur Tür griff und sie aufschloss.

Sie wehrte sich und schlug in seinen Armen um sich. Dann packte einer der anderen Männer ihre Beine und sie trugen sie zusammen ins Schlafzimmer.

Jetzt sickerte wieder die Angst durch und dieses ganze Spiel erschien ihr plötzlich wie eine extrem schlechte Idee. Brodeys Warnung, dass Ain sich am nächsten Morgen hassen würde, kam ihr wieder in den Sinn, als die Männer sie aufs Bett warfen. Sie sprang sofort auf, doch Brodey landete auf ihr und drückte sie fest auf die Matratze.

„Stopp", knurrte er. „Unterwerfe dich!"

Sie keuchte, starrte ihn an, die Angst überwältigte sie schließlich und das Gefühl wurde stärker als ihr Verlangen.

„Leute, nicht … es tut mir leid! Ich weiß nicht, warum ich weggelaufen bin!"

Ain hatte sich ausgezogen, genau wie Cail. Nun kniete Ain sich über sie, und Brodey glitt aus dem Weg. Cail packte ihre Arme und hielt sie über ihrem Kopf fest. Sie versuchte Ain mit ihren Gedanken zu erreichen, doch konnte nur eine mentale Mauer spüren. Was auch immer sie in ihm heraufbeschworen hatte, musste sie jetzt durchstehen. Sie spürte, dass Brodey und Cail noch nicht so im Rausch waren wie Ain, und Cail war von der Verfolgungsjagd nur leicht angefixt.

Aber sie hatte die Situation selbst kreiert.

Brodey zog sich aus und kam zum Bett zurück, dann setzte Ain sich auf. „Lasst sie los." Ains leise, eiskalte Stimme machte ihr Angst. Er schien genau wie sie nicht wirklich er selbst zu sein.

Cail lehnte sich etwas zurück und Elain versuchte, von

Ain wegzurutschen, doch er packte ihren Knöchel mit festem Griff. „Unterwerfe dich", knurrte er.

Durch seine Worte kehrte ihre Wut zurück und verdrängte die Angst. Sie fing an sich zu wehren, zu schreien, als plötzlich eine tiefe, innere Stimme durch ihr Gehirn pulsierte.

„Bitte bitte bitte bitte hör auf dich zu wehren bitte zwing mich nicht bitte zwing mich nicht bitte ich will dich nicht zwingen bitte bitte bitte" Sie zögerte, blickte zu den anderen beiden Männern, dann zurück zu Ain.

Es waren nicht Brodeys oder Cails Gedanken.

Ains graue Augen waren vor Wut fast schwarz und sie versuchte mit aller Kraft, seine Gedanken zu hören. Doch da war nur dieses tiefe Flehen ...

„Bitte zwing mich nicht bitte Elain bitte unterwerfe dich bitte ich will dich nicht zwingen bitte ich will dir nicht wehtun."

Keuchend wurde ihr klar, dass die Stimme in ihrem Kopf der rationale, bewusste Teil von Ain war, der an dem letzten bisschen Vernunft festhielt. Sie beobachtete, wie seine Augen glasig wurden und eine einzelne Träne über seine Wange lief.

Das hier war kein Spiel mehr.

Vielleicht für sie, aber für Ain war es unerträglich, seine Instinkte nicht unter Kontrolle zu haben.

Diese plötzliche Erkenntnis brachte sie mit einem Schlag in die Realität zurück und sie erlange ihre Kontrolle wieder. Sie drängte ihr eigenes verrücktes Verlangen in die hinterste Ecke ihres Gehirns, griff dann langsam zu ihrer Hose und schob sie mitsamt ihrem Höschen über ihre Hüften hinunter. Ain ließ endlich ihren Knöchel los und zog ihre Schuhe und Hose aus. Sie hielt seinem Blick stand und zog langsam ihr Oberteil aus, warf es auf den Boden, gefolgt von ihrem BH. Cail und Brodey wichen zur anderen Bettkante zurück. Elain fühlte sich schuldig, dass sie Ain bis zu diesem Punkt getrieben hatte, doch in ihr pochte noch immer ein tiefes, erotisches Verlangen, auch wenn sie es jetzt unter Kontrolle hatte. Sie drehte sich um und hockte sich auf ihre Hände und Knie, den Hintern in die Luft, dann sah sie ihn an.

„Nimm mich", flüsterte sie.

Mit einem erstickten Heulen fiel er über sie her, knurrte und schob schließlich seinen Schwanz in sie, genau dort, wo er hingehörte. Es war pures, verzweifeltes Verlangen. Seine nackte, unverblümte Not.

Ihre nackte, unverblümte Not.

Als er seine Hände auf ihre legte, schob sie ihre Finger zwischen seine, während sie sich gegen ihn drückte, ihn fickte, ihre Augen schloss und das Gefühl von ihm in sich genoss.

Wie er sie beanspruchte.

Ihr Gefährte.

Als er sie in die Schulter biss, schrie sie auf, und eine Mischung aus Schmerz und Lust durchfuhr sie, fast so stark wie der Orgasmus, den sie in der Nacht ihrer Paarungszeremonie gehabt hatte. Er stöhnte und brach dann auf ihr zusammen. Sie ließen sich beide aufs Bett fallen und sie schloss ihre Augen, erleichtert, befriedigt, glücklich.

Ain wollte sich zurückziehen, aber sie hielt seine Hände fest, also rollte er sich neben sie und schlang seine Arme um sie. Wenige Augenblicke später hörte sie ihn schwer atmen, dachte, er hätte Schmerzen, bis sie das Geräusch erkannte. Er weinte.

Erschrocken drehte sie sich um. Er versuchte wieder, sich zurückzuziehen, doch sie ließ ihn nicht.

„Es tut mir leid", flüsterte er. „Es tut mir so leid." Seine Augen hatten sich wieder normalisiert und die tiefe Stimme in ihrem Kopf war verschwunden.

„Hör auf." Sie zwang ihn, sie anzusehen, dann küsste sie ihn lange und voller Hingabe, was Cail und Brodey hinter ihr zum Knurren brachte.

Oh, verdammt. Sie hatte die beiden tatsächlich für einen Moment vergessen.

„Geh nicht weg", flüsterte sie Ain zu und schenkte ihm ein Lächeln. „Zwischen uns ist alles gut, Baby. Das verspreche ich dir. Geh nirgendwo hin."

Sie setzte sich auf und lockte Brodey mit dem Finger zu sich. Er sprang sofort auf sie und begann, sie in der Missionarsstellung zu vögeln. Sie schlang ihre Arme und Beine um ihn und hielt sich an ihm fest, während er sie hart und schnell fickte. Sie konnte seinen Gedanken entnehmen, dass er nicht so wütend war oder was auch immer die Emotion war, die Ain gefühlt hatte. Sie küsste seinen Hals und biss dann fest zu. Er schrie auf und kam sofort zitternd zum Höhepunkt, vergrub seinen Kopf an ihrer Schulter und ließ die Wucht des Orgasmus durch seinen Körper rollen.

Als er versuchte, sich von ihr zu befreien, ließ sie ihn nicht, drückte ihn an sich und küsste ihn.

„Es tut mir leid, Baby", dachte er zu ihr.

„Ist schon okay. Es ist alles in Ordnung. Das verspreche ich dir."

Cail saß auf dem Bett und konnte es offenbar kaum noch abwarte, also ließ sie Brodey los und er rollte von ihr herunter. Dann kniete sie sich aufs Bett und drückte Cail auf den Rücken, um sich mit gespreizten Beinen auf ihn zu setzen. Er grub seine Finger in ihre Hüften, während sie sich auf sein hartes Teil niederließ, und ihre Lippen auf seine drückte.

Er stöhnte.

„Fick mich", flüsterte sie. „Nimm mich."

Seine Hüften zuckten unter ihr, stießen zu. Sie schloss ihre Augen und als sie ein weiteres Paar Hände auf sich spürte, die sie gegen eine feste Brust drückten, wusste sie, dass es Ain war. Sie lehnte sich gegen ihn und ließ ihn mit ihren Brustwarzen spielen, während sie ihre Bewegungen verlangsamte.

Cail rieb ihre Klitoris, während Ain sie festhielt. Sie griff hinter sich und legte einen Arm um Ains Hals. „Bringt mich zum Kommen, Jungs", stöhnte sie.

Sie konnte spüren, wie Brodey dem Höhepunkt immer näher kam und er nahm eine ihrer Brustwarzen in den Mund. Ains anderer Arm wanderte zu ihrer Taille und stützte sie. Cail schien aus seiner Ekstase in die Realität zurückzukommen und verlangsamte seine Bewegungen in ihr. Nach ein paar Minuten fühlte sie ihren eigenen Orgasmus, nicht so heftig wie die vorherigen, sondern eher wie eine emotionalere Erlösung, die sie lächelnd und erleichtert zurückließ, während sie in Ains Armen zitterte.

Cail wartete, bis sie sich etwas erholt hatte, fickte sie dann hart und kam schnell zum Höhepunkt. Dann legte Ain sie auf die Brust seines Bruders und bevor sie ihn aufhalten konnte, stieg er aus dem Bett und verließ das Schlafzimmer.

Sie hob den Kopf. „Ain?"

„Scheiße", murmelte Brodey.

Also kletterte sie aus dem Bett und rannte hinter ihm her. Auf dem Weg aus dem Schlafzimmer hatte er sich seine Jeans geschnappt, und sie packte sie, als er gerade versuchte, sie anzuziehen. „Wo gehst du hin?"

Er sah sie nicht an, sagte nichts.

„Antworte mir!"

Seine Augen waren rot, als er schließlich aufsah. „Ich muss gehen." Er versuchte, ihr die Jeans wegzuziehen, doch sie ließ nicht los. Es war wie ein Tauziehen zwischen ihnen.

„Nein, das wirst du verdammt noch mal nicht tun! Du wirst deinen Arsch *sofort* wieder in dieses Bett bewegen!"

Sie hörte, wie Cail und Brodey zur Schlafzimmertür kamen. Ain knurrte. „Hast du nicht gerade gesehen, was passiert, wenn den Alpha in mir provozierst?"

„Du hast es mir versprochen. Wir müssen darüber reden. Ich bin nicht sauer. Ich ..." Was war mit ihr geschehen? „Ich muss mit dir darüber reden. Das warst nicht nur du, glaube mir. Überhaupt nicht."

Jetzt sah er verwirrt aus. „Was?"

Sie sah Brodey an. „Kannst du mir mal helfen?"

Brodey nickte. „Ja, sie hat recht. Ich weiß nicht genau, was zum Teufel mit ihr los war, aber sie war irgendwie nicht sie selbst. Sie war fast so tief in ihrer eigenen Wut gefangen wie du."

„Sie hat uns absichtlich angestachelt", fügte Cail hinzu.

Ain runzelte die Stirn. „Baby, warum?"

„Ich weiß es nicht! Das versuche ich dir ja zu sagen. Ich …" Sie ließ Ains Jeans los und ging ein paar Schritte von ihnen weg, während sie sich ihre Arme rieb. „Es hat sich so angefühlt, als wäre in mir ein Schalter umgelegt worden. Ich weiß nicht, wie ich es erklären soll. Je länger es ging, desto mehr wollte ich, dass es weiterging."

„Das war verdammt gefährlich, Schatz."

„Aber Brodey hat gesagt, dass du mir nichts tun würdest."

Ain packte sie am Arm und zog sie zu sich. „Das kannst du nicht tun. Du kannst uns nicht so provozieren. Es ist …" Jetzt war er an der Reihe, Brodey und Cail um Hilfe zu bitten.

Cail stellte sich neben ihn. „Schatz, vielleicht waren es deine Hormone, was nicht nur eine billige Ausrede sein soll. Die können einen riesigen Einfluss haben, vor allem wenn es um Gestaltwandlern und Gefährten geht. Oder es war etwas anderes. Wir mögen es nicht, so die Kontrolle zu verlieren. Und nein, wir würden dir niemals körperlich wehtun, aber wenn du uns immer weiter provozierst und wir dich dann dazu zwingen, dich zu unterwerfen, würden wir uns selbst dafür hassen. Und wenn sich jemand einmischen würde, während wir hinter dir her sind, könnte diese Person ernsthaft verletzt werden. Oder noch schlimmer. Für uns gibt es kein Halten, wenn wir versuchen, unsere Gefährtin dazu zu bringen, sich zu unterwerfen.“

„Ich konnte es nicht kontrollieren“, sagte sie zitternd.

Ain zog sie zu sich und vergrub sein Gesicht in ihrem Haar. „Geht es dir gut? Ich habe dir nicht wehgetan, oder?“

„Mir geht es gut und du hast mir nicht wehgetan. Ich übertreibe nicht, wenn ich sage, dass ich jede Sekunde davon genossen habe, bis mir klar wurde, dass es für dich am Ende überhaupt nicht mehr lustig war. Es tut mir leid.“ Sie schloss ihre Augen und fühlte sich erleichtert und schuldig angesichts der Gefühle, die von Ain ausgingen. „Was soll ich nächstes Mal in dieser Situation tun?“, fragte sie.

Denn sie wusste tief in ihrem Innern, dass das vorübergehend gestillte Bedürfnis wieder an die Oberfläche kommen würde.

Brodey sah erschrocken aus. „Nächstes Mal?“

Ain griff nach ihren Schultern und sah ihr in die Augen. „Das kannst du nicht noch mal tun.“

„Aber es *wird* wieder passieren.“

Er öffnete den Mund und sie erwartete ein Erlass, doch sie hatte sich geirrt. „Elan, bitte. Das kannst du nicht machen.“

„Ich kann nicht anders.“ Sobald sie es ausgesprochen hatte, wusste sie, dass es die Wahrheit war. Ain sah Cail und Brodey an. Cail schien fassungslos, während Brodey nachdenklich aussah. „Ich weiß es nicht“, sagte er. „Wir müssen mehr darüber erfahrene. Es könnte etwas sein, dass nur auf uns zutrifft. Vielleicht überreizt dich die Tatsachen, dass wir drei Alphas sind, und es entsteht so etwas wie ein Kurzschluss. Ich weiß auch nicht.“

Er sah Ain an. „Wir könnten eine ähnliche Situation inszenieren, und ihr so die Intensität nehmen.“

Sie nickte, die Vorstellung, wieder so von ihnen gejagt zu werden, ließ sie vor Erregung erschaudern.

„Das ist doch nicht dein Ernst?", fragte Ain.

Cail zuckte mit den Schultern. „Sie hat euch beide schlimmer provoziert als mich, aber selbst ich habe es gespürt. Irgendetwas ging vor sich. Sie wollte es." Elain nickte.

Dann fuhr Cail fort. „Wir könnten eine Jagd inszenieren, vielleicht nur mit einem von uns, und die anderen beiden passen auf, dass die Situation nicht eskaliert."

Ain sah ihn mit offenem Mund an. „Ich werde sie *nicht* wie ein Kaninchen jagen!" Elain schlang ihre Arme um ihn. „Für mich wäre das okay, es hat Spaß gemacht."

„Spaß?" Ain ging einen Schritt zurück und starrte sie ungläubig an. „Wie kannst du sagen, dass es Spaß gemacht hat? Ich hätte dich beinahe vergewaltigt!"

„Aber du hast mich nicht vergewaltigt, und das hättest du auch nicht tun können, weil ich mich sowieso unterworfen hätte. Du hast *genau* das getan, was ich von dir *wollte*."

Er sah sie schockiert an.

Cail gähnte. „Ich weiß nicht, wie es euch dreien geht, aber ich würde gerne duschen und dann mindestens eine Woche lang schlafen. Ich finde, unser lieber Arschloch-Prime ist an der Reihe, die Bettwäsche zu wechseln, weil er uns während des Hurrikans im Stich gelassen hat. Und wir gehen so lange duschen." Er zog Elain zu sich. „Und du hattest sie so lange nur für dich."

Ain wollte widersprechen, lachte dann aber nur und schüttelte den Kopf. „Also gut. Wir reden morgen darüber, Baby." Dann streckte er die Hand aus und streichelte sanft ihre Wange.

Ain wechselte die Bettwäsche, während Elain mit Brodey und Cail duschen ging. Dann gingen sie alle zusammen ins Bett. Es überraschte sie, dass Brodey und Cail sich neben sie legten, und nicht wie sonst Ain.

Noch überraschender war, dass Ain damit zufrieden zu

sein schien, neben Cail auf der anderen Seite zu schlafen. Sie schmiegte sich mit dem Rücken an Brodey, Cail lag vor ihr und hatte seinen Kopf an ihre Brust gelegt.

Bevor sie einschlief, griff sie zu Ain hinüber und berührte seine Schulter. Er lächelte und nahm ihre Hand, küsste sie. Dann schloss sie die Augen und fiel fast sofort in einen tiefen, traumlosen Schlaf.

KAPITEL ELF

Am nächsten Morgen stand Ain als Erster auf. Er beugte sich vor und küsste Elain zärtlich auf die Stirn, bevor er in die Küche ging. Brodey gesellte sich eine Minute später zu ihm.

„Hey. Wie fühlst du dich?" fragte Brodey.

Ain streckte sich und ließ seine Halswirbel knacken. „In ein paar Stunden wird es mir wieder gut gehen, und dir?" Er schüttelte den Kopf. „Mann, sie hat es uns gestern Abend wirklich gezeigt, oder?" Ain lehnte sich gegen die Theke und verschränkte die Arme. „Also, was hast du noch über sie herausgefunden und mir verschwiegen?" Brodey stellte eine Kanne Kaffee auf. „Tut mir leid, Mann. Wenn *jemand* nicht ohne Vorwarnung abgehauen wäre, hätte ich es vielleicht nicht vergessen zu erwähnen." Ain verdrehte die Augen, antwortete aber nicht, also fuhr Brodey fort. „Sie hat ihre Mutter in Spokane besucht." Er grinste. „Die Frau mag dich übrigens nicht wirklich, Kumpel."

„Mich?"

„Ja, dich."

„Sie hat mich noch nicht mal kennengelernt!" Brodeys

Grinsen wurde breiter. Ain schloss die Augen und fluchte. „Du hast gesagt, dass du ich wärst."

„Vielleicht."

„Okay, und was hast du herausgefunden?"

Brodey zuckte mit den Schultern. „Sie ist adoptiert. Ihre leibliche Mutter ist gestorben, als sie noch ein Baby war, und Elains Adoptivmutter – die sie besucht hat – war die beste Freundin ihrer leiblichen Mutter. Kein Vater weit und breit, der ist vor ihrer Geburt abgehauen. Ihre Mutter lebt in Spokane, weil ihre Familie von dort stammt. Ich habe Bilder von Elain bei Leichtathletik-Wettbewerben gesehen, als sie noch jung war, sie hat anscheinend viele Medaillen gewonnen." Er grinste wieder. „Ich glaube, wir wissen inzwischen, dass sie sportlich ist, oder? Oh, und–"

Plötzlich erklang Elaines Schluchzen und die beiden Männer erschraken.

* * *

Sonnenlicht strömte durch die Glasschiebetüren. Niemand hatte daran gedacht, die Jalousien zu schließen.

Elaine hatte am ganzen Körper Muskelkater, vor allem in den Beinen. Sie stöhnte. Hatte sie das wirklich getan? Verdammte Scheiße, was zum Teufel war gestern Abend in sie gefahren?

Sie drehte sich um, einer der Männer lag noch bei ihr im Bett.

Cail.

Er öffnete seine süßen braunen Augen und lächelte schläfrig. „Morgen, Schatz. Wie fühlst du dich?"

„Wie ein Idiot."

Er lachte und zog sie an sich, küsste sie. „Darüber müssen wir noch reden."

„Ich weiß." Sie hörte Brodey und Ain in der Küche und roch frischen Kaffee. „Was war mit mir los?", flüsterte sie.

Er zuckte mit den Schultern. „Gute Frage. Das müssen wir herausfinden. Du kannst uns nicht dazu anstacheln, dich so zu jagen. Wir müssen sicherstellen, dass niemand verletzt wird. Ich glaube, es ist an der Zeit, ein paar Regeln aufzustellen. Und eine Vorwarnung wäre auch nicht schlecht."

Die Erinnerung an Ains dunklen, leeren Blick und die beängstigende eiskalte Mauer in seinem Kopf, die keine Emotionen zu ihr durchgelassen hatte, ließ sie erschauern. Währenddessen hatte sie ihr eigenes Verlangen nach Freiheit tief in sich gespürt. „Ich konnte nicht anders. Ich weiß nicht, warum ich das getan habe."

Er strich ihr ein einzelnes Haar aus den Augen. „Ich weiß", seufzte er. „Verstehst du jetzt, warum es wichtig ist, dass du deinen Job kündigst? Ich meine, an so etwas habe ich nie gedacht, aber es gibt Dinge, die wir dir beibringen müssen. Nur die Götter wissen, was sonst noch auf uns zukommen könnte."

Sie stöhnte. „Ich muss Danny noch anrufen und offiziell kündigen. Aber inzwischen ist es wahrscheinlich egal." Er hatte sie unzählige Male auf dem Handy angerufen, doch sie hatte ihn ignoriert.

„Während ich dich für mich habe", sagte er, „erzähl mir, was mit Ain passiert ist."

Sie erzählte, was Ain ihr erzählt hatte und was sie getan hatte, um ihn zurückzuholen. Als sie fertig war, runzelte Cail die Stirn und rollte sich auf den Rücken. „So etwas hatte ich schon befürchtet."

„Warum hast du mir das nicht gesagt?"

„Weil ich mir nicht sicher war und wir größere Sorgen hatten. Als er verschwunden ist, wusste ich, dass er sauer und traurig ist. Ich konnte nur hoffen, dass er nichts Dummes tun würde. Ehrlich gesagt habe ich gehofft, dass er ein paar Tage herumrennen und sich abreagieren würde. Ich konnte nur hoffen, dass er nicht zu so einem drastischen Schritt greifen würde."

„Versprich mir, dass du so etwas niemals tun wirst."

Er sah ihr in die Augen. „Versprochen."

Dann begann sie zu weinen, der aufgestaute Stress brach endlich ungehemmt aus ihr heraus. Sie schluchzte und er schlang seine Arme um sie und versuchte, sie zu trösten.

Die Schlafzimmertür flog auf und Brodey und Ain kamen hineingestürmt. „Was ist los?", fragte Ain.

Cail winkte ihnen zu und bedeutete ihnen, sich aufs Bett zu setzen und still zu sein. Sie drängten sich um sie und ließen sie weinen. Nach ein paar Minuten setzte sie sich auf, wischte sie sich über die Augen und schniefte. „Es tut mir leid, Jungs. Es tut mir so leid, was ich gestern Abend getan habe."

Brodey, der hinter ihr saß, küsste sie auf die Wange. „Hey, ist schon gut, Schatz. Uns wird schon etwas einfallen."

„Geht es dir wirklich gut?", fragte Ain. „Habe ich dir wirklich nicht wehgetan?" Sie lächelte und beugte sich vor, um ihn zu küssen. „Du hast mir nicht wehgetan." Dann runzelte sie die Stirn, lehnte sich zurück und verschränkte die Arme.

„Was?", fragte Ain.

Sie starrte ihn finster an.

Brodey und Cail tauschten verwirrte Blicke aus. „Was ist los, Schatz?", fragte Brodey.

Sie funkelte Ain weiter an.

Ain verdrehte die Augen und seufzte. Dann sprach er mit schottischem Akzent weiter. „Es tut mirr leid, Mädel. Wie lange willst du mich noch so rrreden lassen?" Brodey prustete und lachte laut auf. „Dein Ernst?", brachte er endlich kichernd heraus.

Sie lächelte, beugte sich vor und küsste Ain erneut. „Oh ja. Er hat es mir versprochen."

Cail kicherte ebenfalls. „Du weißt, dass du unseren Prime um deinen kleinen Finger gewickelt hast, oder?"

Sie zog eine Augenbraue hoch. „Nur den Prime?"

Cail grinste. „Also gut, uns alle drei."

KAPITEL ZWÖLF

Nach dem Mittagessen ging Aindreas ins Arbeitszimmer und versuchte, seine E-Mails zu lesen. Sein Handy klingelte und die Nummer war unterdrückt, doch als er abnahm, erkannte er Jockos Stimme sofort.

„Hey, Junge. Ihr seid da unten nicht weggeblasen worden, oder?"

„Nein, wir sind noch da. Was gibts?"

„Erinnerst du dich an deine Frage von neulich?" „Ja, hast du etwas herausgefunden?"

„Ich habe mich ein bisschen umgehört und etwas Interessantes erfahrend. Es gab mal einen Alpha-Wandler namens Pardie, der für eine kurze Weile bei euch in der Gegenden gelebt hat. Liam Pardie. Und jetzt kommts, erinnerst du dich noch an diesen riesigen Skandal vor ein paar Jahren mit der Mafia in Tampa?"

„Ja?"

„Dieser Typ, Pardie, er ist einer der Abernathys. Also, war. Vielleicht ist er es immer noch. Er ist vor fünfundzwanzig, dreißig Jahren verschwunden, ungefähr zu der Zeit, als dieser ganze Scheiß ans Licht kam. Seitdem hat niemand mehr von ihm gehört. Es gibt Gerüchte, dass er damals erwischt wurde, andere sagen, er sei nach Südamerika abgehauen, um sich zu verstecken, aber Fakt ist, dass er seitdem nie wieder gesehen wurde."

Aindreas überlegte, ob das alles nur Zufall sein könnte. „Er war aus Tampa?"

„Zuletzt dort gesehen, ursprünglich nicht von dort. Er hat einen Bruder irgendwo in Tennessee und einen anderen draußen in Montana oder an einem dieser gottverdammten Orte, beides Gestaltwandler. Betas. Ich weiß genau, dass euer Mädchen nicht zu denen gehört, weil sie ihre Welpen gut im Auge behalten. Und sie würde es wissen, wenn sie eine von ihnen wäre, und hätte die Zeremonie mit euch drein niemals ohne die Erlaubnis ihres Clans durchgeführt.

Liam hatte keine Gefährtin, soweit ich weiß. Auch keine Welpen. Die Chancen stehen also gut, dass es nur ein Zufall ist. Gibt viele Pardies auf der Welt, Aindreas. Überall im verdammten Land. Kein ungewöhnlicher Name. Ich würde sagen, du musst deine Antwort woanders suchen."

„Danke." Aindreas legte auf und starrte aus dem Fenster. Elain lag ausgestreckt am Pool in der Sonne, während Brodey ihren Rücken und Cail ihre Füße massierte.

Sie sah glücklich und zufrieden aus, trotz der Ereignisse der vergangenen Nacht. Wenn er es nicht besser gewusst hätte, würde er sagen, dass sie sich genauso verhalten hatte wie damals ihre Cousine Mary, aber das ergab keinen Sinn. Elain war ein einfacher, normaler Mensch.

Ein beunruhigender Verdacht stieg in ihm auf und er schob ihn von sich.

Nein. Elain konnte keine Halbwandlerin sein. Das war einfach nicht möglich. Vor allem konnte sie nicht vom Abernathy-Clan abstammen.

Das war einfach zu weit hergeholt, um überhaupt

darüber nachzudenken. Außerdem hatte Brodey erzählt, dass ihre Mutter aus Spokane stammte, nicht aus Tampa. Und Elain war adoptiert. Kein Clan würde jemals zulassen, dass eine normale Familie ein Wandler- oder Halbwandler-Kind adoptierte. Andere Clan-Mitglieder wären eingesprungen und hätten sich um das Kind gekümmert.

Das musste die Antwort sein.

Musste.

Brodey hatte gesagt, dass sie adoptiert worden war, was bedeutete, dass Pardie nicht einmal ihr Geburtsname war, oder? Ihr seltsames Verhalten musste etwas damit zu tun haben, dass sie Drillinge und Alphas waren. Es war die einzige Antwort, die ihn beruhigte und Sinn ergab.

Denn wenn sie wirklich eine Halbwandlerin war – insbesondere eine Alpha – und aus dem Abernathy-Clan stammte und sich jetzt ohne deren Erlaubnis mit ihnen gepaart hatte, konnte das bedeuten, dass ihr Leben in Gefahr war. Dann könnte ihnen womöglich ein Clankrieg bevorstehen.

Ärger-im-Dreierpack-Reihe
Nacht Der Drei Hunde Buch 3

Prolog

ALTE BLUTSCHWÜRE

Es war eine der rauesten und kältesten Nächte im Moor, und der Wind peitschte Glut aus dem großen Lagerfeuer und ließ sie in die Luft wirbeln, bis sie in der Dunkelheit verschwand. Die Gruppe, hauptsächlich Männer, waren um das Feuer versammelt. Hinter ihnen standen ihre jeweiligen Rudel bereit, die Hände an den Schwertern, falls nötig bereit für den Kampf.

Rodolfo und Eiselman musterten einander im flackernden Licht. Schließlich brach Eiselman die unbehagliche Stille. »Habt ihr euch wegen der Mitgift entschieden?« Rodolfo nickte. »Ein Blutschwur. Ihr werdet uns den ersten weiblichen Welpen geben, der von einem Alpha-Männchen aus eurer Familie geboren wird. Natürlich erst, wenn sie volljährig ist.«

Eiselman wurde bleich und sah zu Ysimel hinüber. Sie stand hinter Rodolfo, eingeklemmt zwischen zwei ihrer anderen Brüder. Rodolfo ging einen Schritt zur Seite, um Eiselman den Blick auf sie zu versperren. »Du bist Beta, das weiß ich. Ist mir egal, welcher Alpha ihr Vater ist, aber wir wollen das erste Mädchen, das von einem Alpha-Männchen geboren wird, ob sie eine Enkelin ist oder was auch immer.«

»Kann ich mit Ysimel sprechen?«

»Sie hat bereits zugestimmt. Ist der einzige Grund, warum ich dir das Angebot überhaupt mache.« Er verzog das Gesicht zu einem höhnischen Grinsen. »Meine Schwester heiratet einen Beta. Hätte nie gedacht, dass ich diesen Tag mal erleben würde. Dass deine Kehle noch nicht durchgeschnitten wurde, verdankst du ihrer Liebe und ihrem Betteln nach Gnade für dein wertloses Leben.« Er spuckte auf den Boden zu Eiselmans Füßen.

Doch Eiselman bewegte sich keinen Zentimeter. »Was ist, wenn wir keinen in unserer Familie haben?«

»Euer Stammbaum ist an den Eid gebunden. Also werdet ihr auf die eine oder andere Weise einen bekommen, oder nicht? Wenn nicht, wird das hier mit einem Blutbad enden. Ist mir egal, ob es eine oder hundert Generationen dauert.« Er spuckte wieder. »Ehrlich gesagt glaube ich nicht, dass eure Familie in der Lage ist, ein Alpha-Männchen hervorzubringen.« Er grinste wieder spöttisch. »Vielleicht profitiert ihr ja etwas vom Alpha-Blut meiner Schwester. Oder ein Alpha-Männchen heiratet sich ein.«

Eiselman verachtete Rodolfo und hätte ihn lieber getötet und ihnen Ysimel mit Gewalt entrissen, aber das hätte nur einen weiteren unnötigen Krieg ausgelöst. Sie war bereit, mit ihm zusammen zu sein, obwohl ihre Brüder ihn verachteten.

Alle wussten, dass es im Laufe der Jahrhunderte viel Blutvergießen gegeben hatte. »Also gut.«

Rodolfo grinste, aber sein Gesichtsausdruck war eiskalt. »Bring sie rüber.«

Die anderen beiden Brüder schubsten ihre Schwester näher ans Feuer. Rodolfo zog seinen Dolch und ergriff die Hand seiner Schwester. »Das ist deine letzte Chance, einen Rückzieher zu machen«, sagte er. »Du wirst auch an den Eid gebunden sein.«

»Ich weiß«, erwiderte sie sanft.

»Bist du sicher, dass du … *das* willst? Einen Beta?« Er spuckte das Wort mit Verachtung aus. Sie nickte, ihre Augen auf Eiselman gerichtet. »Ich liebe ihn. Er ist der Eine für mich.«

Er schnitt ihre Handfläche auf, dann seine. Dann sah er Eiselman an. »Also?« Eiselman nahm das Messer und schnitt ebenfalls in seine Handfläche.

»Ihr zwei zuerst«, sagte Rodolfo.

Eiselman nahm ihre Hand, schob seine Finger zwischen ihre und sah ihr in ihre grünen Augen. »Ich schwöre bei der Göttin«, gelobte er und wünschte sich nichts sehnlicher, als

Ysimel in sein Lager zu bringen und die ganze Nacht mit ihr zu schlafen.

»Jetzt ich.« Rodolfo streckte seine Hand aus.

Eiselman ergriff die Hand des anderen Gestaltwandlers und zwang sich, nicht zusammenzuzucken, als Rodolfo fest zudrückte.

»Schwöre den Eid, Beta«, knurrte Rodolfo. »Der erste weibliche Welpe, der von einem Alpha-Mann eurer Familie geboren wird, muss unserem Clan übergeben werden, sobald sie volljährig ist. Deine Familie und alle Nachkommen sind durch Blut *und* Heirat an diesen Eid gebunden, egal, wie lange es dauert. Dieser Eid bleibt bestehen, bis er erfüllt ist, oder bis einer unserer Stammbäume vollständig ausstirbt.« Er lachte. »Würde mich nicht wundern, wenn deine Familie zuerst ausstirbt. Als Gegenleistung kannst du meine Schwester zu deiner Gefährtin nehmen.« Er grinste. »Oder sollte ich sagen, sie kann dich nehmen?«

»Ich schwöre.«

Rodolfo ließ Eiselman los und wischte dann schnell seine Hand und den Dolch an Eiselmans Umhang ab. »Ihr seid alle Zeugen«, verkündete Rodolfo der versammelten Menge. »Ein Blutschwur, heute Nacht geschworen.« Dann grinste er seine Schwester an. »Beanspruche deinen Gefährten, Alpha-Schlampe.«

Sie warf sich auf Eiselman, küsste ihn und ignorierte die anderen um sie herum. Er nahm sie in seine Arme und trug sie vom Feuer weg zu seinem Zelt. Drinnen ließ er sie auf die Felle fallen, warf seinen Umhang auf den Boden und kniete sich über sie. Sie packte ihn, drehte ihn auf den Rücken und schob seinen Kilt beiseite, während sie sich über ihn kniete.

»Endlich gehörst du mir«, knurrte sie.

Sein steifer Schwanz begann beim Klang ihrer Stimme fast schmerzhaft zu pochen. Es war nichts Sanftes oder Zärtliches in ihren Bewegungen, während sie sich auf ihn spießte, ihr Jungfernhäutchen durchbohrte und dann einen kraftvollen, tiefen Schrei ausstieß. Er packte ihre Taille und versuchte, ihre Bewegungen zu verlangsamen, aber sie war wie berauscht.

Also gab er auf und legte sich zurück, wartete und spürte, wie er seinem Höhepunkt immer näher kam. Als sie plötzlich innehielt und ihn in eine sitzende Position zog, erschreckte er sich fast. Sie zerriss den Stoff seiner Tunika und entblößte seine Schulter. Dann beschleunigte sie die Bewegungen ihrer Hüften wieder und stieß härter und unerbittlicher gegen ihn. In seinem Clan wurden diese Dinge anders gehandhabt, aber egal, er war Beta und hatte damit gerechnet, dass sie ihn auf ihre Weise beanspruchen würde.

Er schlang seine Arme um ihren weichen Körper und legte seinen Kopf zur Seite, um ihr seinen Hals und Nacken zu zeigen. Heiße Lippen drückten sich gegen seine Haut, ihre Zunge und Lippen liebkosten ihn und arbeiteten sich seinen Hals hinab bis zu seiner Schulter.

Als er kurz vor dem Höhepunkt war, knurrte sie tief und rammte ihre Hüften gegen ihn. Dann pressten sich ihre Zähne gegen seine Schulter.

»Gefährte. Mein Gefährte.« Er hörte ihre Gedanken so deutlich, als hätte sie gesprochen. Draußen vor dem Zelt knurrte als Antwort die Sippe, da sie es auch gehört hatten.

»Unterwerfe dich«, befahl sie ihm ohne Worte.

»Ja!« Er atmete tief ein.

Als sie zubiss und ihn markierte, schrie er vor Qual und Vergnügen, während der Orgasmus ihn überrollte. Dann spürte er ihr Knurren, das aus ihrem tiefsten Innern zu kommen schien, und sie kam mit voller Wucht. Durch das Zusammenziehen ihrer Muskeln stieg ein weiterer unerwarteter Orgasmus in ihm auf, der ihm den Atem verschlug.

Danach brachen sie auf den Pelzen zusammen, und sie leckte zärtlich seine Schulter.

Es war ihm egal.

Nach einer Weile begann sie, in seinen Armen zu zittern und er tastete den Boden nach seinem Umhang ab und legte ihn über sie. Dann hielt er sie noch fester in seinen Armen und sie glitten zusammen in den Schlaf.

Am Morgen waren Rodolfo und sein Rudel weg. Eiselman schmiegte sich beschützend um seine Gefährtin, knabberte sanft an ihrer Schulter und versuchte, sie aufzuwecken. Als sie schließlich aufwachte, drehte sie sich lächelnd in seinen Armen um.

»Guten Morgen, Ehemann.«

Er küsste ihre Nase. »Guten Morgen, Ehefrau.« Er rollte sich auf sie, diesmal langsam und vorsichtig. Sein Schwanz wurde augenblicklich hart und er glitt in sie hinein, wo er einen Moment innehielt und das Gefühl ihres heißen Körpers um ihn genoss. Er beugte seinen Kopf zu ihren Brüsten und nahm einen Nippel in seinen Mund. Sie stieß ein lustvolles Zischen aus, während er daran saugte und die weiche Haut hart wurde. Er wiederholte es auf der anderen Seite und sie schlang ihre Beine um seine Taille. »Du hast gesagt, dass bei dir zu Hause ein Bett auf mich wartet?«

Er lachte. »Ja. Ich glaube, wir werden es viel nutzen.« Der Anflug von Traurigkeit huschte über ihr Gesicht. »Was bedrückt dich?«

Ihr Lächeln wirkte gezwungen. »Nichts. Nichts mehr, da ich jetzt bei dir bin.«

Eiselman streichelte ihre Wange. »Das mit deiner Familie tut mir leid.«

Sie schüttelte den Kopf. »Es ist egal. Wenn sie mich wegen meines Gefährten nicht bei sich haben wollen, ist das ihr Problem, nicht unseres.« Sie zog ihn fest an sich und küsste ihn. »Jetzt schlaf mit mir, Ehemann. Markiere mich als deine.«

***

Ysimel drehte sich erschrocken um, als sich die Tür öffnete. Ihre Hand huschte schützend zu ihrem runden Bauch.

Für einen Moment war sein Gesicht durch das gleißende Sonnenlicht hinter ihm von Schatten verborgen, dann trat er ein.

»Theadin«, knurrte sie. »Was willst du?«

Er zuckte mit den Schultern. »Rodolfo hat mich geschickt.« Er schloss die Tür und kam in den Raum, wobei er sich mit offensichtlicher Verachtung umsah. »Schwester, du enttäuschst mich.«

»Du bist den ganzen Weg gekommen, um mir das zu sagen? Dann kannst du ja jetzt wieder gehen.«

»Nein, ich bin gekommen, um dir zu sagen …«

Die Tür flog auf, und ihre beiden Söhne rannten herein. »Mutter, wir haben gesehen …« Der Ältere, Danford, hielt beim Anblick des Besuchers inne. Er packte seinen kleinen Bruder und zog ihn an sich.

»Danford, Garson, das ist euer Onkel Theadin.«

»Hallo«, sagten die Jungs gleichzeitig, immer noch mit großen Augen.

Theadins Augen verengten sich, dann lächelte er. »Wie auch immer, Schwester, das hier …«, er deutete auf ihren Bauch, »ist sicher. Offensichtlich wird eine der nächsten Generationen den Blutschwur erfüllen müssen.«

»Verschwinde!«

Er setzte sich an den Tisch. »Oh, bevor ich dir meine Meinung gesagt habe? Ich glaube nicht.« Er sah sie an. »Du bist eine Witwe, mit einem Welpen im Bauch und zwei Mäulern zu stopfen. Diese beiden sind Betas. Ich habe keinen Grund zu der Annahme, dass das Dritte anders wird, männlich oder weiblich.« Er schüttelte den Kopf. »Du hättest als Frau eines Rudelführers beansprucht werden können, aber du musstest dich ja mit einem Beta begnügen! Du bist eine solche Enttäuschung.« Er zupfte an seinen Fingernägeln. »Rodolfo hat mir aufgetragen, dich einzuladen. Als Schwester kannst du dich wieder unserem Rudel anschließen.«

»Sei ehrlich. Er will mich in seiner Nähe haben, um dafür zu sorgen, dass der Eid erfüllt wird.«

»Natürlich. Was denn sonst?« Er musterte sie. »Er könnte dich mit einem neuen Partner zusammenbringen. Hat gesagt, dass er bereit wäre, dich von deinem Eid zu entbinden, wenn du einen Gefährten seiner Wahl nimmst. Du weißt genauso gut wie ich, dass du einen brauchen wirst.« Sein Gesichtsausdruck verdüsterte sich. »Oder möchtest du dein Leben für einen Beta-Welpen wegwerfen?«

»Sag ihm, er kann von den Klippen von Dover springen und im Meer ertrinken!«

Theadin zuckte mit den Schultern. »Hab nichts anderes von dir erwartet.« Er stand auf und schob sich an den beiden Jungen vorbei. An der Tür drehte er sich um. »Dein Blutschwur gilt immer noch, Schwester. Vergiss ihn nicht. Du und deine Nachkommen werden noch zur Rechenschaft gezogen.«

Nachdem er gegangen war, rannten die beiden Jungen zu ihrer Mutter, die anfing zu weinen. Es hatte sich schnell unter den Rudeln herumgesprochen. Ihr geliebter Eiselman war noch nicht mal einen Mond lang in seinem Grab, und schon versuchten ihre gierigen Brüder, sich wie Geier Vorteile daraus zu verschaffen. Sie hätte Ewigkeiten mit ihrem Gefährten verbringen sollen, und ihn bei der Jagd verlieren zu müssen …

Sie schlang ihre Arme um ihre Söhne. Sie waren zu jung, um es wirklich zu verstehen, aber sie würde es ihnen erklären müssen. Und zwar bald. Sie spürte bereits, wie sie innerlich ohne ihren Gefährten an ihrer Seite langsam starb.

»Ich mag ihn nicht, Mutter«, sagte Danford. Er war zwölf und noch nicht ganz ein Mann. Er hatte in den vergangenen Wochen so gut er konnte versucht, seinen Vater als Mann des Hauses zu ersetzen.

»Ich auch nicht«, wiederholte Garson. Trotz seines jungen Alters von zehn konnte sie bereits die Stärke in ihm sehen.

Sie küsste sie beide und wischte sich das Gesicht ab. Es war ihr größter Wunsch, dass der Welpe in ihrem Bauch ein Beta war und kein Alpha. Ob Mädchen oder Junge, war egal. Sie wollte den schrecklichen Eid nicht erfüllen und ihrem Bruder ein Mädchen übergeben. Diese schreckliche Aufgabe würde ihren Söhnen oder deren Nachfolgen zufallen. Sie wusste, dass Rodolfo bereits einen potenziellen Gefährten aus einem anderen Clan für das ungeborene Mädchen arrangiert hatte, falls der Tag kommen sollte.

Ysimel zitterte. »Lasst uns das Abendessen vorbereiten, Jungs. Vergesst ihn. Er ist egal.«

***

Danford saß am Tisch und rieb sich die Stirn. Er hatte gebetet, dass dieser Tag nicht kommen würde.

Gott sei Dank war seine Mutter schon lange tot.

Sein Sohn und seine Tochter saßen vor ihm. Ironischerweise hatte er eine Alpha-Tochter und einen Beta-Sohn bekommen. »Kathleen, ich habe dir vor Jahren von dem Blutschwur erzählt. Du verstehst, was das bedeutet, und um was du mich bittest, oder?«

Sie nickte. »Ja, Vater. Das tue ich.«

»Marston, du verstehst aucg, dass du dafür verantwortlich bist, den Eid zu wahren, wenn ich vor dir sterbe, und sie ihn nicht erfüllt? Er muss unter deinen Nachkommen bestehen bleiben oder unter ihren, je nachdem, bei wem es zuerst eintritt. Unsere Erben müssen den Eid kennen und darauf schwören.«

Er nickte. »Ja Vater.«

Danford lehnte sich zurück und sah seine Frau an. Sie sagte nichts. Als kompletter Mensch zog sie es vor, sich aus Rudelangelegenheiten herauszuhalten. Natürlich wusste sie von dem Schwur, weil er es ihr vor ihrer Paarung erklärt hatte.

Er war sich des jungen Mannes bewusst, der vor seiner Haustür wartete und wahrscheinlich nervös auf und ab ging. Es gab zwei Möglichkeiten. Er konnte die Beziehung zuzulassen oder den Mann töten. Letzteres würde bedeuten, auch seine Tochter zu töten, da sie alles tun würde, um ihre große Liebe zu retten, daran hatte er keinen Zweifel.

Danford war sich nicht einmal sicher, ob er die Kraft hatte, sie zu überwältigen. Sie war eine starke, wilde Alpha, die bereits zwei männliche Alpha-Verehrer zurückgewiesen hatte, die sie für ihre Eine gehalten hatten. Er hatte Gerüchte über Wetten unter seinen Cousins gehört, dass kein Mann sie jemals zähmen oder für sich beanspruchen könnte.

»Ruf ihn herein«, befahl Danford leise.

Seine Frau ging zur Tür, um ihn hineinzulassen. Oswald Pardie war nicht der attraktivste Mann, doch er hatte ein starkes Kreuz und Erzählungen zufolge ein ehrbares Herz. Laut seiner Tochter war er ihr Einer. Pardie hatte nicht so auf sie reagiert, aber er liebte sie genug, um ihr zu erlauben, ihn kampflos zu beanspruchen.

Alpha und Alpha.

Sobald Oswald sich gesetzt hatte, sah Danford in direkt an »Hat meine Tochter dir von unserem Blutschwur an Rodolfo Abernathy erzählt?«

Der junge Mann nickte. »Ja.«

»Bist du bereit, diesen Eid zu schwören? Deinen eigenen

Blutschwur vor dieser Familie abzulegen, um ihn aufrechtzuerhalten?«

Er schob seine Finger zwischen Kathleens. »Ja, das bin ich.«

»Du bist ein Alpha-Mann. Wenn ihr eine Tochter bekommt oder wenn ein Alpha-Mann eurer Familie eine Tochter bekommt, muss sie übergeben werden, sobald sie volljährig ist. Vorausgesetzt, sie ist die Erstgeborene und kann den Eid erfüllen. Sie muss schon früh davon erfahren, und darf von niemand anderem beansprucht oder markiert werden, bevor sie übergeben wird.«

Er nickte. »Ja.«

Danford wurde wütend. »Du bist bereit, wegen eurer Liebe ein Kind zu opfern?«

Oswald wich seinem Blick nicht aus. »Das waren Sie auch. Als Sie ihre Frau geheiratet haben.«

Nach einem langen, angespannten Moment lachte der ältere Mann. »Das stimmt.« Er seufzte. »Frau, bring mir meinen Dolch.«

Sie holte den Dolch und legte ihn vor ihrem Mann auf den Tisch. Er hob ihn auf, schnitt in seine Handfläche, dann in die seiner Tochter. Er reichte Oswald den Dolch. »Tu es.«

Auch er schnitt sich in die Handfläche, nahm dann ihre Hand und drückte sie zusammen. »Ich schwöre bei der Göttin, den Eid zu wahren.«

Danford griff über den Tisch und nahm Oswalds Hand. »Schwörst du, den Blutschwur unserer Familie gegenüber Rodolfo Abernathys Clan zu wahren?«, fragte Danford.

Oswald nickte. »Ich schwöre bei der Göttin, den Eid zu wahren.« Danford ließ seine Hand los und nahm das Handtuch, das ihm seine Frau reichte, um das Blut wegzuwischen. »Dann gebe ich euch beiden meinen Segen.«

Kathleen lächelte breit und küsste Oswald. »Aber«, sagte er und ließ die beiden jungen Liebenden innehalten, »hört mir gut zu. Unabhängig davon, wie sehr ich dich liebe, wenn du als Erstes ein Mädchen bekommen solltest, werde ich euch zwingen, den Eid einzuhalten, egal was. Solange ich lebe. Das gilt auch für deinen Bruder, wenn ihr euch nicht freiwillig unterwerft. Mir ist klar, dass über drei Jahrhunderte vergangen sind, aber das macht den Eid nicht weniger gültig.«

»Ja, Vater«, sagte Kathleen. »Wir haben es verstanden.«

Er seufzte und winkte sie hinaus. »Geht nur. Ihr könnt eure Feier im Gästehaus abhalten.«

Das Paar rannte aus der Küche und schlug einen Moment später die Haustür hinter sich zu.

Danford sah seine Frau an, dann seinen Sohn. »Lasst uns beten, dass es nur männliche Welpen geben wird.«

***

Kathleen und Oswald hielten ihr drittes Kind, ihren kleinen Jungen Liam, im Arm und warteten angespannt darauf, dass die Seherin ihres Clans etwas sagte. Ihre beiden älteren Söhne waren beide Beta, sehr zu ihrer Erleichterung. Beide waren inzwischen erwachsen und der ursprüngliche Eid war nun über vier Jahrhunderte alt. Keiner der Söhne hatte bisher eine Partnerin gefunden, und wenn sie nicht selbst einen Alpha-Sohn hervorbrachten, würde eine weitere Generation vergehen, ohne dass sie sich Gedanken über den Eid machen mussten.

Sie hatten dieses Kind nicht erwartet, waren eigentlich vorsichtig gewesen. Doch nach über siebzig Jahren Ehe und dreißig Jahren seit ihrem letzten Welpen waren sie doch unvorsichtig geworden.

Und nun saßen sie hier …

Die Seherin lächelte sie an. »Glückwunsch! Ihr habt wirklich großes Glück. Ihr habt endlich einen Alpha-Sohn, der eure Familie weiterführen kann.« Kathleen wiegte ihren kleinen Jungen fest und schluchzte gegen die Schulter ihres Mannes, der seinen Arm um sie schlang.

Als sie wieder allein auf der Kutsche saßen, flüsterte sie: »Wir müssen umziehen. Schnell. Marston darf es nicht erfahren.«

Er nickte grimmig. »Das werden wir. Wir müssen packen und mit dem ersten Zug morgen früh abreisen.« Er schwang die Zügel und spornte die Pferde an, schneller zu laufen. Doch leider wartete Marston zu Hause unter der Ulme im Vorgarten auf sie.

»Da seid ihr ja«, sagte er mit einem Lächeln. »Was hat die Seherin verkündet?«

Kathleen drängte sich an ihrem Bruder vorbei ins Haus. Marston drehte sich zu Oswald um, seine vorgetäuschte Freundlichkeit war mit einem Schlag verschwunden. »Ihr habt es geschworen«, knurrte er. »Ihr habt den Eid geschworen. Wenn ihr euch nicht daran haltet, werde ich es tun.«

»Verschwinde von hier, Beta.« Für seinen Schwager hegte er nur Verachtung übrig.

Marston packte ihn am Arm. »Die Abernathys betrachten diesen Eid immer noch als eure größte Verpflichtung, die zurückgezahlt werden muss. Sie haben es nicht vergessen. Ihr werdet bezahlen.«

Oswald riss sich los. »Wenn du ein richtiger Mann wärst, könntest du den Eid selbst erfüllen.« Er musterte seinen Schwager von oben bis unten. »Aber es ist dir unmöglich, Kinder zu zeugen, nicht wahr? Es sei denn, eine deiner männlichen Huren würde eins ausscheißen …«

Marston schwang die Faust, doch Oswald wich ihm geschickt aus und entblößte seine Zähne. »Das habe ich mir erhofft.« Knurrend sprang er auf den anderen Mann. Einen Moment später tauchte Kathleen ohne das Baby wieder auf und schrie die beiden an, damit aufzuhören. Sie riss den

Eimer von seinem Haken auf der Veranda, schöpfte Wasser aus dem Pferdetrog und schüttete es auf die Männer. Es erschreckte sie so sehr, dass sie sich zwischen sie stellen und ihren Mann zurückziehen konnte.

»Hört auf! Alle beide!« Sie schubste ihren Bruder weg. »Raus hier! Ich werde mich an den Eid halten, aber davon sind wir noch weit entfernt, oder? Du nimmst mir meinen Liam nicht weg. Wenn dann könntest du nur seine Tochter nehmen, wenn er jemals eine bekommen sollte. Also verschwinde von hier, bevor ich dir selbst die Kehle aufreiße! Geh zurück zu deinen Kumpels, den Abernathys, oder gleich in die Hölle.«

Marston stand auf und wischte sich Blut vom Mund. »Glaube nicht, dass ich das vergessen werde, Schwester«, knurrte er.

Sie entblößte knurrend ihre Zähne. »Du bist nicht mein Bruder. Wir sind vielleicht blutsverwandt, aber für mich bist du gestorben.«

Marston wusste, dass er seine Alpha-Schwester in einem Kampf nicht schlagen konnte, schon gar nicht mit ihrem Ehemann zusammen. Also drehte er sich um, ging zu seinem Pferd und verschwand in vollem Galopp den Feldweg hinunter.

Sie wandte sich zu Oswald, um seine Wunden anzusehen. »Ich denke, ein Umzug ist keine Option mehr.«

Nacht Der Drei Hunde Buch 3

HOLEN SIE SICH IHR KOSTENLOSES BUCH!

Tragen Sie sich in unsere Mailingliste ein, um Ihr kostenloses Buch zu erhalten.

https://geni.us/jungfrauunddervampir

BÜCHER VON LESLI RICHARDSON

<u>Suncoast Society</u>

Sicherer Hafen
Von Haus aus Domme
Cardinal's Rule
Der zögerliche Dom
Der Denim-Dom

Ärger-im-Dreierpack-Reihe
Ärger Kommt Selten Allein - Buch 1
Sturmwarnung - Buch 2
Nacht Der Drei Hunde - Buch 3

ÜBER DEN AUTOR

Über die Autorin

Die Autorin Lesli Richardson, die besser unter ihrem erfolgreichen Pseudonym Tymber Dalton bekannt ist, lebt mit ihrem Ehepartner und zu vielen Haustieren in der Region Tampa Bay in Florida. Sie schreibt in einer Vielzahl von Hitzestufen und Genres, von Mainstream-Sci-fi bis hin zu heißem Ménage. Die USA Today-Bestsellerautorin (als Tymber) und zweifache EPIC-Preisträgerin ist nebenberuflich Wikinger-Schildmaid in Ausbildung und liebt es, mit ihren Freunden Tontauben zu schießen und D&D zu spielen. Sie ist außerdem die Autorin von über zweihundertfünfzig Büchern, darunter *The Reluctant Dom*, *Cross Country Chaos*, *Her Vampire Obsession*, die Bleacke-Shifters-Serie, die Governor Trilogie, die Determination Trilogie, die Great Turning Trilogie, die Suncoast-Society-Serie, die Love-Slave-for-Two-Serie, die Triple-Trouble-Serie, die Coffee-shop-Coven-Serie, die Good-Will-Ghost-Hunting-Serie, die Drunk-Monkeys-Serie und viele andere.

Sie lebt in ihrer eigenen kleinen Welt, aber das ist in Ordnung – alle kennen sie dort.

Sie liebt es, von ihren Lesern zu hören! Schauen Sie auf ihrer Website vorbei und melden Sie sich für ihren Newsletter an, um über die neuesten Nachrichten, Sneak Peeks und Veröffentlichungen auf dem Laufenden zu bleiben.

Ehrliche Rezensionen sind immer willkommen; sie tragen zur Sichtbarkeit eines Buches bei und können seine

Platzierung auf den Websites von Buchhändlern verbessern. Selbst nur ein paar Zeilen darüber, was Sie beim Lesen des Buches empfunden haben, sind hilfreich. Vielen Dank, wir wissen Ihre Zeit sehr zu schätzen!

Newsletter: https://tymberdalton.com/newsletter/
http://www.tymberdalton.com